狄更斯的圣诞故事
炉边蟋蟀

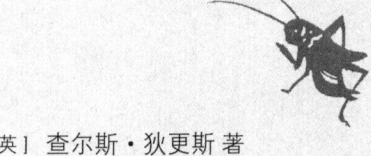

[英] 查尔斯·狄更斯 著
邹绿芷 邹晓建 译

人民文学出版社

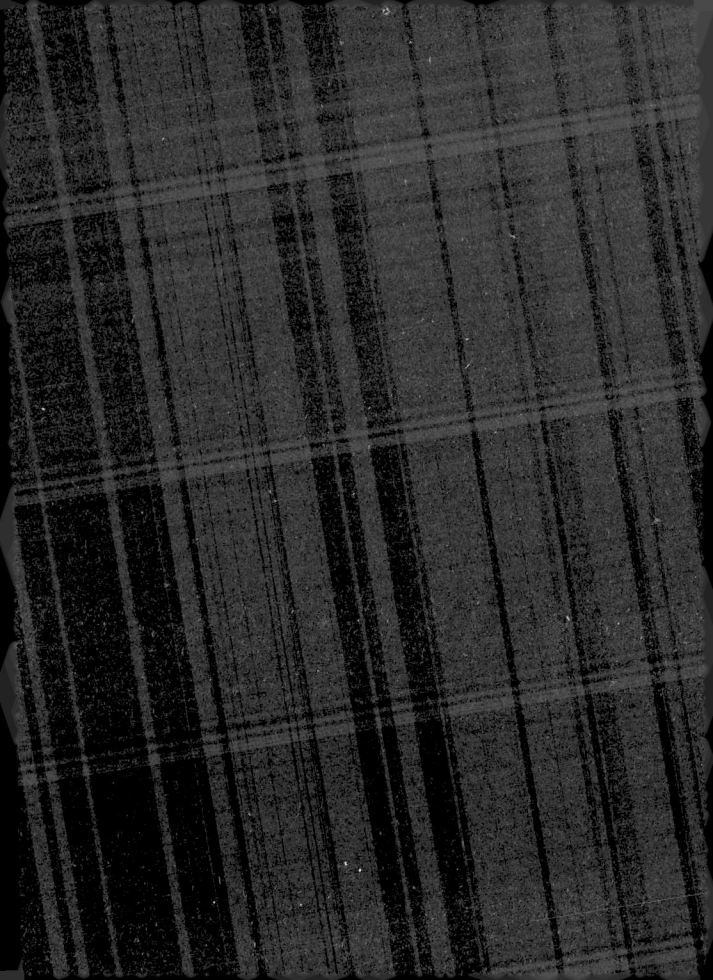

家的童话

第一章

是水壶先开始了歌唱!别告诉我皮瑞宾格尔太太说了些什么。我比她知道得更清楚。或许,皮瑞宾格尔太太会永远地在大事记上写上,她说不准它们两个究竟是谁开的头;但是我要说,千真万确,是水壶首先开始的。我应该知道,我想。角落里的那只钟面光滑的荷兰小钟可以作证,在那只蟋蟀哼出第一曲唧唧之声以前,水壶已经呼哧作响了整整五分钟了。

当那只蟋蟀也加入歌唱的时候,好像那只钟还没有敲完,钟顶部的那个僵手僵脚的小小割草人正站立在摩尔式宫殿的前面,手执镰刀,左挥右砍,似乎还没有割完半英亩假想中的牧草呢。

不消说,我不是生性专断的人。人人都知道这一点。不管在哪一方面,除非我确信无疑,我绝不会以我的意见来反对皮瑞宾格尔太太的意见。没有任何事情可以促使我那样做。然而,这却是一个有关事实的问题。这事实便是,在那蟋蟀微声低吟,以表示它的存在之前,至少在那之前五分钟,水壶便已开口歌唱了。谁要是反驳我,我还要说是十分钟之前呢。

让我精确地叙述一下事情是怎样发生的吧。本来,在我开口讲第一句话的时候,我就该这么做。只是因为这一简单的考虑——既然我要讲一个故事,我就必须从头说起——我才如此开场。因为,如果我不从水壶讲起,这"从头讲起"又怎么可能呢?

你必须理解,事情就好像在那水壶与蟋蟀之间正展开着一场竞赛,或者是一种技艺的较量。这便是事情发生的全部缘由。

皮瑞宾格尔太太出了屋子,走进阴冷的暮色之中。她穿着双木鞋,咔嗒咔嗒地踏过潮湿的石子地，在院子四处刻画出许多粗乱的、欧几里得几何学第一定理①的图形。在水桶旁，皮瑞宾格尔太太把水壶灌满，不一会儿，她回到屋子里边。脱掉木鞋之后，皮瑞宾格尔太太顿时显得矮了许多，因为木鞋又厚又大，而皮瑞宾格尔太太的身材却是娇小的。然后，她把水壶坐到火炉上。她这么忙活着，禁不住发了脾气，或者说一时失去了耐性。因为，那水冷得可真叫人受不了，那溜滑的夹着雪糁的水似乎渗透了每一件东西，包括那木鞋套环儿。皮瑞宾格尔太太的脚指头冻僵了，

---

① 欧几里得，古希腊数学家。他的第一定理，即两点决定一条直线。

那水甚至溅到她的腿上。平时我们颇以自己的腿为荣（这是颇有道理的），对保持长筒袜的整洁又特别精心，那么此刻的情景就更是叫人难以忍受了。

此外，那只水壶也在固执地耍着性子。它不愿人们将它安置在炉条上，拒绝与煤块和睦相处。它带着一副醉态向前倾斜着身子，嘴角上淌着口水，真像个火炉上的白痴。它吵吵嚷嚷，对着火苗，它气急败坏、唾沫飞溅地嘶叫着。更加糟糕的是，那壶盖儿也从皮瑞宾格尔太太的手指中间挣扎了出来，它先是彻底翻了个个儿，然后，它摆出一副本该用在好事情上的机敏而又不屈不挠的架势，从一旁纵身跃入水中，一直沉到水壶的底部。"皇家乔治号"①军舰在船体被捞出水时所做的奋勇抗争还不及这水壶盖所做的一半。它奋勇地与皮瑞宾格尔太太作着对，直到她把它捞出水来为止。

即使到这时候，水壶依然显示出一副怒气冲冲、桀骜不驯的神色。它轻蔑地将壶把儿插在腰上，放肆而又嘲讽地向皮瑞宾格尔太太噘起它的嘴，好似在说："我不烧开！说什么我也不烧开！"

可是，此刻皮瑞宾格尔太太已经心平气和了。她搓着她那两只胖胖的小手，满面笑容地

---

① "皇家乔治号"，英国军舰名。

在水壶前坐下身来。与此同时，那愉快的火苗上下起伏着，火光一闪一亮地映照在那荷兰小钟顶部的小割草匠身上。人们可能会觉得，那割草匠是一动不动地站立在摩尔式宫殿的前面的，而且，除了火苗之外，一切都静止了。

然而，割草匠是在行动着。每一秒钟，他总要均匀而有规律地抽搐两下。可是，当那只钟快要鸣响的时候，他遭受的苦痛看来真是骇人。当一只布谷鸟从宫殿的一扇活门里向外张望，并啼叫六声的时候，它的每一次啼叫都像魔鬼的吼声令他战栗不已，或是好像有一根铁丝在拉扯着他的大腿。

直到这一阵剧烈的骚动平息下来，割草匠

身下的钟锤与钢条所发出的杂乱的噪声完全消失之后，那惊恐万状的割草匠才逐渐恢复常态。其实，他之所以受惊也并不是没有道理的。因为，这些格格作响、骨瘦如柴的轮条走动起来极其嘈杂难听；我非常奇怪，怎么竟会有人，主要是荷兰人怎么竟会热衷于发明这类钟表。人们都相信，荷兰人喜欢用宽大的箱子，裤子也穿得又肥又厚，那么，他们就应该明白，总不能把他们的钟造得这么干巴精瘦，这么弱不禁风呀。

　　这会儿，你留意，水壶开始消磨这一个夜晚了。这会儿，水壶的嗓音变得圆润而又富于乐感，它的喉咙口开始发出抑制不住的咯咯的欢笑声。而且，它在它那断断续续的带着鼻音的歌声中自我陶醉了。起初，它还想阻止自己唱出那歌声，仿佛它还没有决定，是否要充当一名有趣的伙伴。在两三次妄图压抑自己乐天的性情的徒劳努力之后，它终于抛开了一切忧郁、一切顾虑而唱出了一连串的歌曲。它的歌声那样悦耳，那样欢畅，就连那多愁善感的夜莺都未曾想到过这样唱。

那歌曲又是那样的明了。祝福你，你可以理解它，就像理解一本书一样——也许，这歌曲要比你我可以列举出的一些书要好得多。水壶喷吐出的热气，形成了一团轻柔的云朵；它愉快而优美地袅袅飘飞着，上升了几英尺后，便弥漫在壁炉角的周围,好像这里就是它自己的家园和天堂。水壶还是那么欢乐,那么有劲地唱着歌,以致它的铁身子在炉火上面发出嗡嗡的声响,同时还不住地颤动起来;而那只壶盖本身,就是刚才还在造反的那只壶盖——在光辉榜样的影响之下——开始表演起一种快步的舞蹈,它独自发出啪哒啪哒的响声,像是一只又聋又哑的小铙钹,还不知道自己孪生兄弟的用途。

毫无疑问,那水壶唱的是一支邀请的歌曲,它在欢迎一个出门在外的人,此刻,这人已踏上归途,就要回到这小小的舒适的家里,回到这炽烈的炉火旁。皮瑞宾格尔太太坐在炉火前沉思着,她完全听明白了。水壶是这样唱着的:"这是一个漆黑的晚上,枯枝败叶铺在道旁。天空中是一片黑暗与朦胧,大地上布满尘土和泥浆。昏暗阴沉的夜幕中,只露出一道光亮;我不知道那是亮光,因为它只是那么一道深浓的、暴怒的紫光;这是太阳和风在乌云身上烙下的印记,因为是乌云带来了这样恶劣的天气。广袤的原野是黑沉沉的一片,路标上挂满了白霜,大路上是融雪,水冻成了冰,不能再自由地流淌。你无法说,一切本该是这副模样,可是,他来了,他来了,他来了!——"

就在此刻,请你注意,那只蟋蟀才跟着唱了起来。它用一种合唱的方式,那么洪亮地发出唧唧唧唧的歌声。与水壶相比，这蟋蟀的音量和它的身躯的比例（小身骨！你几乎看不见它！）简直不相称到了令人惊异的地步。如果就在此时此地，它像一支火药装得过量的长枪一样地爆炸，如果它就在这儿倒地毙命，并且唧唧地叫得使自己小小的躯体裂成五十个碎片，人们也会认为，那是自然的不可避免的结局，而这蟋蟀仿佛也正是为着这个结局而如此卖劲地歌唱的。

水壶的独唱表演已接近尾声，它兴犹未尽地坚持唱着；可蟋蟀已明显地担任了主角并保持着这种荣耀。天哪！它是怎样地拼命唱着啊！它那尖厉刺耳的声音在屋子里回响，这声音又像是一颗星星在屋外的黑暗中闪烁。当它的歌声唱到最高昂的时候,那音调里便会出现一种微弱的难以描述的震颤。这表明,它已经腾起双腿,在自己激昂的热情的支配下,即将再次一跃而起。然而,蟋蟀和水壶合唱得十分谐调。那歌曲的重复句是相同的,它俩越唱越响,越唱越响,互相竞争着引吭高歌。

那纤小秀美的少妇聆听着——她确实秀气,而且年轻;虽然她的身材属于矮胖型,但我本人对此决不介意。她点燃一支蜡烛,向钟顶部的割草匠瞥了一眼(他正动作均匀地收割着分分秒秒),然后向窗外望去。可是因为天色黑洞洞的,所以除了她自己映在玻璃上的影子之外,她什么也没有看见。可我的看法是(诸位的意见一定和我的一样),她可能看到了很远的地方,却没有看见什么令人喜悦的景物。她从窗前走回来,坐到先前的那张椅子上。这时,蟋蟀与水壶仍在继续唱着,仍然处在一种极度狂热的竞争之中。水壶的弱点显然在于,它不知道自己是在什么时候被击败的。

这真是一场扣人心弦的赛跑。唧唧,唧唧,唧唧!蟋蟀领先了一英里。呼噜,呼噜,呼噜,呼——!水壶在后边穷追不舍,像个大陀螺。唧唧,唧唧,唧唧!——蟋蟀跑过了拐角。呼噜,呼噜,呼噜,呼——!水壶坚持着,紧跟着,毫不示弱。唧唧,唧唧,唧唧!——蟋蟀比先前更加有力。呼噜,呼噜,呼噜,呼——!水壶表现得稳健而又沉着。唧唧,唧唧,唧唧!——蟋蟀就要结果了对手。呼噜,呼噜,呼噜,呼——!水壶不甘心就此败退。最终,它俩在这场手忙脚乱,慌乱不堪的比赛中搅和在一起。究竟是水壶唧唧还是蟋蟀呼噜,究竟是蟋蟀唧唧还是水壶呼噜,或则,是它俩都曾发出唧唧与呼噜的声响,这有待于一个比你我都更加头脑清醒的人来做出正确的决断。但有一点是确凿无疑的,即在这同一时刻里,水壶和蟋蟀同心协力,施展出它们最得心应手的本领,把各自抚慰人心的炉边歌声送进那束烛光里。那烛光透过窗户,一直映照到小巷的深处。

此刻,那缕烛光跳到了一个穿过黑暗正步步走近它的某个人身上,于是,实际上它在瞬间便把一切都告诉了他,它喊道:"欢迎你回家,老朋友!欢迎你回家,我的伙伴!"

　　达到这一目的以后,水壶便彻底败北了。这时水已滚开,皮瑞宾格尔太太便把它从火炉上拿了下来。然后,她疾步跑到门前。随着一阵车轮的辚辚声,马蹄的嗒嗒声,随着一个男人的说话声和一只兴高采烈的狗跑进跑出的吠叫声,随着一个婴儿的奇异而神秘的出现,不一会儿,一位某某先生便走进来了。

　　那婴儿是从哪儿来的,皮瑞宾格尔太太又是怎样在那一瞬间里抱起了他,我都不清楚。但是,她怀里抱着的确实是一个活生生的婴儿,而且看得出来,这个孩子使她非常自豪。这时,一个结实的男子汉把她轻轻拉到火炉旁,这人比她高出许多,年纪也比她大得多。他在亲吻她的时候,不得不俯下身来。但是,为了她,这样做是值得的。一个身高六英尺六的男子汉,哪怕害着腰疼病,大概也会这么做的。

"哎,约翰,天哪!"皮瑞宾格尔太太说,"天气把你弄成什么样儿了啊!"

不可否认,他是狼狈不堪的。浓密的雾气凝结成团挂在他的眼睫毛上,就像融化的糖块一般;他站在雾气和火炉之间,颊须上的水沫便呈现出彩虹一般的色彩来。

"唔,你知道,多特——'小不点儿'①——"约翰慢慢地答道。他从脖子上摘下一条围巾,并且烤着双手,"现在——已经不是夏天了,所以,这不足为怪。"

"我希望你别再管我叫小不点儿了,我不喜欢。"皮瑞宾格尔太太说,她噘着嘴,样子很清楚地表明,其实她心里非常喜欢这个雅号呢。

"如果你不是小不点儿,那又是什么呢?"约翰回答。他微笑着低头望着她,并且伸出粗

---

① Dot,意为"小圆点""一点点大的东西","多特"为"Dot"的音译。

壮的手臂，用那大手尽可能轻柔地搂了一下她的腰。"一个小不点儿——"他说着又瞥了那婴儿一眼，"一个小不点儿抱着①——我不想说下去了，因为我怕我讲得没味儿，让你扫兴，可是我差不多就讲出那么一个笑话了，我不知道我是不是还讲过什么比这更加巧妙的笑话。"

凭他自己说，他差不多总是很聪明的：这个形象笨拙，动作迟缓却又憨厚忠实的约翰啊。他身材粗大，可性情却是那么轻快；他的外貌是那么粗野，可内心却是那么温柔；他看上去是那么呆板，可实际上异常机敏；他是那么的

---

① 这里原文为"a dot and carry"，是算术加法用语。此处系约翰开玩笑的话。

迟钝,却又是无比的善良。啊,自然之母啊,请把埋藏在这个卑微的运货工——顺便交代一下,他只不过是个送货工人——胸怀中的这颗纯真心灵的诗章赐予你的孩子们吧。这样,纵然他们说着平庸的语言,过着单调的生活,我们也可以容忍;而且,我们将为有他们为伴而把你颂扬!

看着多特真是令人愉快。她那样娇小,怀里抱着那玩具娃娃般的婴儿;她眼里带着娇媚的神色,若有所思地望着火苗,并把她娇小的脑袋歪向一边,以一种奇特的、半是自然半是有意亲昵的姿态,以一种非常舒适而又可心的姿态,把脑袋恰好靠到那运货工巨大粗壮的身躯上。看着这运货工同样是令人愉快的。他温柔地、有点笨手笨脚地用自己壮实的躯干扶持着她那轻巧的身子，并努力使自己强健的中年人的身体成为能配得上那如花似玉的妙龄少妇的、能使她放心依靠的一根支柱。注意一下蒂里·斯洛博伊的神情也是令人愉快的。她站在后边，等着接过孩子；虽然她只有十几岁，可她特别留意地观察了这全家团聚的场景。她站着，眼睛和嘴张得大大的，头向前伸着，就像吸气似的想把这一切吸入肺腑。再看看运货工和他的婴儿在一起的情形吧，其令人愉快的程度毫不逊色。当多特说到那个孩子，约翰伸手就要抚摸他时，他突然把手缩了回来，好像他担心他会把孩子捏碎似的;他弓着腰,与婴儿保持一段距离,端详着他,心中充满一种略带困惑的自豪感———一只温顺的大狗,如果有一天突然发现自己竟是小金丝雀的父亲,它也一定会表现出同样的神情来。

"他不是很漂亮吗,约翰?他睡熟的样子不是很可爱吗?"

"很可爱。"约翰说,"真是可爱极了。他一般总是睡着的,是吗?"

"瞧你说的,约翰!不是的!"

"噢,"约翰沉思着说,"我以为他的眼睛老是闭着的呢。喂,你好啊!"

"天啊,约翰,你讲的话有多吓人哟!"

"他那样把眼睛向上翻着可不大对劲儿！"运货工惊慌失措地说，"是吗？你瞧，他是那样同时眨巴着两只眼睛；再瞧他的嘴！他喘得像金银鱼似的呢！"

"你真不配做爸爸，你真不配哟。"多特说，表现出一个经验丰富的主妇的全部尊严，"你怎么会知道孩子们害的那些大灾小病哟，约翰？恐怕你甚至连那些名词儿都不知道吧，你这傻瓜。"于是，她把孩子换到左臂，轻轻拍着他的后背使他安静下来；她一边笑着，一边拧她丈夫的耳朵。

"我是不知道。"约翰边说边脱下外衣，"那是事实，多特。我对这些懂得不多。我只知道今晚我和大风斗得可真够苦的,回家时刮了一路东北风,一直刮进车子里。"

"是这样吗,可怜的老头儿。"皮瑞宾格尔太太叫道,接着立刻忙碌起来,"来,蒂里,把乖宝宝抱去,我要干的事情可多呢。哎哟,我简直能把小宝宝亲得憋不过气来,我真能哩!走开,波瑟,我的好狗儿!走开!我这就煮茶,约翰;然后我再来帮你整理包裹,我会勤快忙碌得像只蜜蜂!'那小家伙怎样……'后面是什么来着,你知道吗,约翰。你上学念书时,学过这首'那小家伙怎样……'的歌吗,约翰?"

"我不太会唱这首歌。"约翰回答,"有一

回我差不多学会了。可是我敢说，我恐怕只会把它唱得一塌糊涂呢。"

"哈哈。"多特大笑起来。她的笑声是你听到过的最欢快的笑声了，"真是的，你可真是个可爱的糊涂佬儿啊，约翰！"

约翰对这个见解一点也不加反驳，他到屋外叮嘱马夫把马照料妥当；那马夫提着一盏灯，灯光像鬼火似的在门和窗前微微摇曳着。那匹马身高体大，假如我把它的身量告诉你，你不会十分相信的；而它也老了，它的生日早已被人们淡忘了。波瑟感到，它的关心和善意是给全家每一个成员的，对谁都必须不偏不倚，于是，它令人吃惊地不停地跑出跑进。时而，它跑到马圈前，绕着那匹正在被马夫洗刷的老马跑上一圈，汪汪大叫；时而，它佯装撒野，向着女主人猛扑过去，可一下子又滑稽地收住脚步；时而，它猝然将自己湿漉漉的鼻子贴到坐在火炉边育婴矮椅上的蒂里·斯洛博伊的脸上，使得她尖声大叫；一会儿，它对那婴儿表现出一种冒失的关切；一会儿，它绕着火炉走了几遭，然后趴下身来，仿佛它已决定就在这儿过夜；一会儿，它却又站了起来，摇晃着它那节短小的尾巴走到外面去，似乎它刚刚想起了一个约会，于是便小跑着赶去践约。

"喂！茶壶在炉架上搁好了！"多特说。她辛勤地忙碌着，就像一个在玩着"办家家"

游戏的孩子,"来,这是冷火腿肉,这是黄油,还有硬皮面包,全在这儿了!这个洗衣篮是用来装小包裹的,约翰,如果你有小包裹的话——约翰,你在哪儿呀?蒂里,不管你在干什么事,可千万别让小宝宝掉到炉格底下去啊!"

值得注意的是,尽管斯洛博伊小姐轻松愉快地回绝了这一告诫,可她具备的那种能把这孩子弄出岔子来的才干却是惊人而又罕见的:她曾数次以她特有的那种悄然无声的方式险些结果了这幼小的生命。这个少女身材瘦削,体态直板板的,她的衣裳松散地挂在肩头突出的两块尖骨头上,随时都有掉落下来的危险。她的装束别具一格:一件剪裁奇特的法兰绒罩衣在一切可能的地方做了局部的革新，在背后，也总要露出一点她那暗绿色的胸衣或紧身褡来供人们观赏。斯洛博伊小姐几乎对任何事物都要瞪大了眼睛赞叹不已，此外，她还总是无休止地冥想着她的女主人和那婴儿的尽善尽美之处。她判断事物时是很少失误的，可以说，这给她的脑袋和心灵都增添了光彩；虽然这并没有给那婴儿的脑袋带来多少光彩，它不时地被撞在杉木门、大衣橱、楼梯扶手、床柱子以及其他毫不相干的东西上。但尽管如此，这一切只是蒂里·斯洛博伊惊讶感慨的真实结果，因为她看到，她得到了如此仁慈的待遇，并且被安置在这样一个舒适的家庭中。没有人知道斯洛博伊的父母是何许人，蒂里是在一个公共慈善机构被养育成人的。"弃儿"与"宠儿"虽然只是一字之差，可意义上却有着天壤之别，它们表达的完全是两码事。

娇小的皮瑞宾格尔太太同她丈夫一起走回屋来，她使出全身的气力提着衣篮，其实却什么忙也没帮上，因为那篮子是她丈夫拎着的。看到这种情景，你一定会像约翰一样感到好笑。据我想，这一定也使那蟋蟀感到妙趣无穷，听，千真万确，现在它又开始充满激情地唧唧唱开了。

"好家伙！"约翰慢条斯理地说，"我觉得今晚它比往常更加快活了。"

"而且它一定会给我们带来好运气,约翰!它总是这样的。在火炉边上能有一只蟋蟀,这简直是世界上最幸运的事情了!"

约翰注视着她,仿佛脑海里在想着,她就是他最可宝贵的"蟋蟀",而且,他十分同意她的话语。可是,这也许是他的一个稍纵即逝的念头,因为他什么也没说。

"我第一次听到它那愉快的细微的声音,约翰,是在你把我带到家来的那个晚上——就是你把我带到我的新家、我当上了这儿的小主妇的那个晚上。差不多是一年以前吧。你记得吗,约翰?"

啊,是的,约翰记得的,我想他一定记得。

"对于我，它那唧唧的声音是多么盛情的欢迎啊！这歌声好像充满了希望与鼓舞。它仿佛在说，你将给我爱抚，给我温存，而不会企求——约翰，那时我可真有点害怕——在你笨拙的小妻子的肩头上去寻找一副成熟的脑筋。"

约翰若有所思地拍了拍妻子的肩头，然后又抚摸着她的头，好像在说：不会，不会，他从来就没有这么期望过；她的肩头和脑袋就是现在这个样子，他也已经心满意足了。而且，他实在是很有理由的，因为她那肩头和脑袋确实很惹人爱。

"它似乎在这么述说的时候，句句都是真话，约翰。我确信，你一直就是我最善良、最体贴、最温存的丈夫。这里是我的幸福的家,约翰;为此,我爱那只蟋蟀!"

"是啊,我也爱它。"运货工说,"我也爱它呢,多特。"

"我爱这只蟋蟀,因为我听过它许许多多次的歌唱,因为它那友善的音乐总是使我思绪万千。有时,在黄昏,当我感到有一点寂寞和忧郁的时候——约翰,那时宝宝还没有出世来陪伴我,家里也不像现在这么热闹——当我想到假如我死去你会是多么的孤独,而假如我还能够知道你失去了我的痛苦,亲爱的,我又会是多么孤独的时候,它唧唧、唧唧、唧唧地在炉边唱了起来,仿佛把另外一个细小的声音送到我的耳畔，它那么悦耳，那么亲切，听到这歌声，我的烦恼便像梦幻一般地消失了。我曾经忧心忡忡，我确实害怕过，约翰，那时我太年轻了，你知道——我害怕我们的婚姻或许会成为一场不相匹配的结合，因为我还是个孩子，你更像是我的监护人而不像我的丈夫；当我害怕，不管你怎么努力，或许你永远不会像你希望并祈祷的那样来爱我的时候，它唧唧、唧唧、唧唧的歌声使我又振作了起来，并给了我新的信心。亲爱的，今晚当我坐着盼你回来的时候，我就在想着这一切；为此，我爱这只蟋蟀！"

"我也爱它。"约翰重复说，"可是，多特！我希望并祈祷我能学着爱你？你这是说到哪儿去了！这一点，在我把你带到这儿来之前，在你当上这蟋蟀的小女主人之前，我早就学会了，多特！"

她把手在约翰的胳膊上搁了一会儿，神情激动地注视着他，好像想对他说些什么。但紧接着她便在洗衣篮前面跪下来，一边兴致勃勃地说着话，一边忙着整理包裹。

"今天晚上东西倒没多少，约翰，可是刚才我看见车子后面还有些货物呢。虽然它们给我麻烦，可是运费或许不会少呢，因此我们没有理由再发牢骚了，你说对吗？另外，我敢说，这一路上你已经送出不少货了吧？"

"唔，是的。"约翰说，"真不少呢。"

"咦，这个圆盒子是啥东西呀？我的天！约翰，这是结婚蛋糕啊！"

"只有女人才能猜到它。"约翰赞叹地说道，"一个男人是永远不会想到它的！所以我相信，不管你把结婚蛋糕装进茶叶箱里，藏到可折叠的床架子中，还是放到盛咸鲑鱼的小桶里或其他任何叫人难以相信的东西里，一个女人总可以立刻猜中它。不错，是我到糕饼店取来的。"

"我说不上它有多重，恐怕足有一英担呢！"多特一边叫道，一边使着劲，像是想把它提起来，"这是谁的，约翰？你要把它送到哪儿去呀？"

"看看另一面上的字吧。"约翰说。

"哎呀,约翰!天哪,约翰!"

"是啊,谁能料到呢!"约翰回答说。

"难道说——"多特追问道,她坐到地板上,对着约翰不住地摇头,"这是玩具商格拉夫·泰克尔顿的吗?"

约翰点了点头。

皮瑞宾格尔太太也跟着点起头来,至少点了有五十下。她点头并不是表示同意,而是表示一种目瞪口呆的哀怜和惊愕。此刻她用力紧闭着双唇(它们可不是生来便这样抿得紧紧的,这点我清楚),神色恍惚地细细端量着那善良的运货工。斯洛博伊小姐为了逗孩子,总是喜欢把人们谈话中的只言片语机械地重复出来——不但把它们的意思弄得支离破碎,而且把所有的名词都变换成复数形式。这时,她便这样大声地向那婴儿问话:那么说,就是玩具商人们——格拉夫·泰克尔顿们啰?娃娃可要到糕饼店订些蛋糕来吗?娃娃的爸爸们把盒子带回家时,娃娃的妈妈们知道它们是什么东西吗?等等,等等。

"这么说,这事真的要发生啰?"多特说,"唔,上学时,我和她还是同学呢,约翰。"

他也许是在思忖着,或差不多在想象着她在学校时的音容笑貌吧。他沉思着,愉快地望着她,但是没有答话。

"他那么大岁数了,根本不配她!约翰,

格拉夫·泰克尔顿比你大几岁啊？"

"我倒想知道，今天晚上我一气喝掉的茶要比格拉夫·泰克尔顿在四个晚上喝的多出几杯？"约翰满心欢喜地回答，说着，他把一张椅子挪到圆桌旁边，坐下来吃火腿冷盘了，"说到吃嘛，我只吃那么一丁点儿；可对这一丁点儿，我总是吃得津津有味的，多特。"

这是他在进餐时经常发表的感想。现在即便是这一席话，即便是他的这种天真的错觉（因为他的食欲几乎总是难以满足的，这便断然驳斥了他的话语），也没有在他娇小的妻子的脸上唤起一丝微笑；她站在包裹中间，用脚慢慢地把蛋糕盒从她身边推开，虽然她的眼睛向下看着，却没有对那双纤巧的、她平常十分留意的鞋子看上一眼。她站在那里，凝神沉思着，对约翰和茶点都没有注意（虽然约翰叫了她，并用餐刀嗒嗒地敲着桌子来惊动她），直到他站起身，轻轻碰碰她的手臂时，她才醒悟过来。她抬头看了约翰一会儿，然后便匆匆走到茶盘后面她的座位上，并因为自己的失魂落魄而笑了起来。可是，她的笑不像从前了，她笑的神态和音调都大大改变了。

那只蟋蟀也停止了歌唱。不知什么原因，那屋子里的气氛不像先前那么欢快了，完全不像了。

"这么说，这些就是所有的包裹了，是吗，

约翰？"她说道，打破了一阵长久的沉寂。在这段时间里，那忠厚老实的运货工一直在用行动来证实他常爱发表的那种感想中的部分观点——他确实在享受着这顿美餐，只是我们无法承认他只是吃了一丁点儿。"那么，这些就是所有的包裹了，是吗，约翰？"

"就是这些了。"约翰说，"啊呀——不好！我——"他放下手中的刀叉，深深吸了一口气，"我说，我竟把那位老先生给忘得一干二净了！"

"老先生？"

"在车子里。"约翰说，"我刚才看他的时候，他在草堆里睡熟了。进屋来之后，我差不多有两次想起了他,可转眼他又从我脑袋里溜走了。哎嗨!快起来吧!我的老伙计!"

约翰手里拿着蜡烛急匆匆地走出门去,最后两句话已经是在门外说的了。

斯洛博伊小姐听到约翰提起那神秘的"老先生"。在她神奇的想象中,她把这个字眼同一些宗教性质的联想搞到了一起。顿时她惊恐万状,倏地从炉边的矮椅上立起身来,走到她女主人的身边寻求保护。在她经过门口的时候,她恰巧同一个年迈的陌生人打了个照面,于是她本能地用她能够抓到的唯一武器向那人杀去,而那武器正好又是那个婴儿。于是一场巨大的骚乱和惊慌接踵而至,波瑟的敏锐则更加剧了这场大乱的程度。因为这只忠实的狗甚至比它的主人考虑得还要周全，它似乎一直在监视那睡着了的老先生，唯恐他会把绑在车后的几棵小杨树苗偷走，这会儿，它仍在死死纠缠着他，事实上，它不但撕咬着他的绑腿套，而且还凶狠地咬住了那些纽扣儿。

"你可真是个了不起的瞌睡佬儿啊，先生。"等到屋子里恢复了平静，约翰说；老先生光着脑袋，一动不动地站在屋子中间。"我打算问一问你，另外那六个瞌睡佬儿在哪儿啊？①这不过是个玩笑，我知道我说得并不高明，可也

---

① 据传说，古时有七个基督教徒为避迫害，逃至山中，长眠约二百年之久。

差不了多少吧?"送货工喃喃地说,同时咯咯地笑出声来,"差不多!"

陌生人长着一头很长的银发,他五官端正,对于一个老人来说,他的面庞轮廓分明,十分清秀,此外,他还有着一双乌黑闪亮的深邃的眼睛。他微笑着四下环顾,然后庄重地俯首向运货工的妻子行礼。

他的装束极其古怪——已经过时很久很久了,穿着一身褐色的衣裤。他的手里还握着一根粗大的褐色的棍棒,或者说是手杖,他把它往地上一敲,它便分散开变成一把椅子,他坐在上面,样子十分泰然自若。

"瞧!"运货工转身对妻子说,"我遇见他

的时候,他就是这副模样。他呆呆地坐在路旁,直挺挺地就像一块石头的里程碑,而且像里程碑一样的聋。"

"坐在露天,约翰!"

"是在露天里。"送货工回答,"那正是天快黑的时分。'给你车钱,'他说,然后给了我十八便士。接着他就上了车,一直坐到这里。"

"我想,他是要走了,约翰!"

"决不会的,他只是想说话了。"

"如果可以的话,我想留在这儿,直到有人来叫我。"陌生人温和地说,"你们不必管我。"

说完,他从一只很大的口袋里摸出一副眼

镜，从另一只口袋掏出一本书，然后便开始悠然自得地看起书来。对波瑟他毫不理会，就好像它只是这家人家养的一只小羊！

运货工和他的妻子带着困惑不解的目光相互对视着。陌生人抬起头来，对着他俩打量了一番，说：

"是你的女儿吗，我的好朋友？"

"是妻子。"约翰回答。

"侄女？"陌生人说。

"妻子！"约翰吼了起来。

"是吗？"陌生人评论道，"确实，很年轻吧？"

他安静地翻过一页书，又继续阅读了。但

是，他看了还不到两行字，便又放下书本说道：

"这孩子，你们的？"

约翰极其用力地冲他点了点头，相当于通过喇叭筒而发出的一个肯定的回答。

"女孩吗？"

"男孩！"约翰高声叫道。

"也很小吧，嗯？"

皮瑞宾格尔太太立刻插进来，说："两个月零三天了！六个星期前种的牛痘！反应很好！医生认为他是个非常漂亮的娃娃！和普通的五个月的娃娃一般大！了不起地懂事呢！说出来你会觉得不可能，可是他已经会站啦！"

这气喘吁吁的年轻母亲对着老人的耳朵,尖声叫喊出这一连串的短小句子来,直到她美丽的脸涨得通红为止;说着,她把孩子抱到老人面前,借以证明她说的一切都是无可辩驳的、足以洋洋得意的事实。与此同时,蒂里·斯洛博伊发出一阵音调悦耳的"凯切,凯切"的喊声,听来像是什么不明不白的字眼,又像是在打喷嚏,而且,她还围绕着那一无所知的婴儿,像一只小牛似的来回蹦跳着。

"听!有人来找他了,肯定是。"约翰说,"门口有人,快去开门,蒂里!"

可是,还没等她走到门前,那门已经被人从外面打开了,因为这是一扇非常简陋的门,上面装着一个任何人都可以开启的门闩，只要那人想这么干的话。我要说，真有不少人这样干过，因为所有的邻居们都喜欢和运货工快活地聊上几句，尽管他并不是个谈锋雄健的人。门开了，一个身材瘦小，心事重重，面色黝黑的人走了进来。那人穿着的大衣好像是用罩旧箱子的麻袋布缝制成的，因为当他转身关门，不让寒气进到屋里的时候，大衣的背部便露出"G&T"的黑色大写字母，另外还有两个粗粗的黑体字"玻璃"。

"晚上好，约翰！"瘦小的男人说，"晚上好，太太。晚上好，蒂里。晚上好，陌生的客人。娃娃好吗，太太？我想波瑟也过得不坏吧？"

"一切都好，凯里卜。"多特回答说，"我相信，你只需看一眼这小宝贝，就可知道一切都有多么好了。"

"我相信，我只需再看看你。"凯里卜说。

然而，他并没有看她；因为他的目光总是那么迷惘而又若有所思，不管他在说些什么，那目光似乎总是停滞在别的什么时间和地点；同样，我们也可以用这些话来形容他的谈吐。

"或许，再看看约翰。"凯里卜说，"就此而言，或看看蒂里。当然啰，还得看看波瑟。"

"这阵很忙吗，凯里卜？"运货工问。

"唔，正经很忙呢，约翰。"他回答说，他显得心神烦乱，至少像一个正在寻觅点金石的人,"真是不可开交。眼下诺亚方舟①那玩意儿销路正广,我很想把船上那一家子人造得更精巧些,可我不知道照目前这个卖价,我该怎么去改进。要使人们更清楚地认出哪个是谢姆,哪个是汉姆,哪个又是他们的女人,这才能叫人满意。还有,你知道,和大象比起来,苍蝇的大小比例也不对劲儿。噢,对了!有我的包裹吗,约翰?"

运货工把手伸进刚脱下的外衣的口袋里,取出一个用纸头和青苔精心包裹着的小花盆。

---

① 据《旧约·创世记》记载,上帝见世人行恶,降洪水灭世,命义人诺亚造方舟,全家避入,使他们得救。后文中"谢姆"及"汉姆"均为诺亚之子。

"你看！"他一边说，一边小心翼翼地把花扶正，"连一片叶子也没有碰坏，满是花骨朵呢！"

凯里卜那呆滞的眼睛闪着光芒，他伸手接过花盆，嘴里连声道谢。

"很贵的，凯里卜。"送货工说，"在这时节，花儿可贵了。"

"管它呢，不管它是个什么价，我总觉得挺便宜的。"瘦小的人回答，"还有什么东西吗，约翰？"

"还有个小盒子。"送货工答道，"在这儿，给！"

"'凯里卜·普鲁默收'。"瘦小的人一字

一句地读着收件人的地址姓名，"'小心现金'。现金么，约翰？我想这不是寄给我的。"

"是'小心轻放'。"送货工比他高出一头多，从他肩后看看盒子，回答说，"你怎么看成现金这个词了呀？"

"啊,千真万确！"凯里卜说,"对了,是'小心轻放'！不错,不错,是我的。的确,如果我那个在黄金遍地的南美洲的亲爱的儿子还活着的话,包裹里也许会有现金的,约翰。你曾经像爱自己的儿子一样爱他,是吗？你不必回答,我心里都知道。'凯里卜·普鲁默收。小心轻放。'对,对,一点也不错。这是一盒布娃娃的眼睛,我女儿做活计时要用的。我真希望，这盒子里装的是她自己的眼睛呢，约翰。"

"要真是这样，该有多好啊！"送货工叫道。

"谢谢你。"瘦小的人说，"你说的话真叫人感动。想想吧，她永远看不到那些布娃娃，而布娃娃却整天那么大胆地盯着她！这真是叫人伤心啊。运费多少，约翰？"

"你要问运费的话，我可就要对你不客气了。"约翰说，"多特！是这样吗？"

"哎！你总是这么说。"瘦小的男人说，"你总是这么善良慷慨。让我再想想，我想我没有别的什么事情要办了。"

"我可不这么想。"送货工说，"再想想看。"

"有什么东西要给我们老板捎去，嗯？"

凯里卜思忖片刻后说道，"说真的，我正是为了这个才来的，可我的脑袋总是在想着那些方舟啊什么的！他没上这儿来过吗？"

"他可不会来，"送货工回答，"他太忙了，忙着谈情说爱呢。"

"可是他会来这儿的。"凯里卜说，"因为他让我回家时沿着路的左侧走，这样十有八九他能把我带上车。我最好还是上路吧，顺便问一句——你能允许我捏一下波瑟的尾巴吗，太太？"

"怎么啦，凯里卜！这话怎么讲啊？"

"噢，别介意，太太。"瘦小的人说，"它也许不会喜欢。最近有一小批订货，要的是会叫唤的小狗。哪怕它只能卖六个便士，我也希望把那玩具做得尽可能的逼真。就是这原因。别介意，太太。"

事也凑巧，波瑟还未等凯里卜上前来捏它，便已经开始声嘶力竭地叫了起来。因为这种情形意味着一个新的客人的来临，凯里卜只得将他的研究推迟到以后的某一更方便的时间，于是他扛起圆蛋糕盒，便匆忙告辞了。也许他本可以使自己免去这些麻烦，因为就在门槛那儿他碰见了这位客人。

"啊，是你，你在这儿？等一会儿。我带你回家。约翰·皮瑞宾格尔，我愿为你效劳；我更愿为你美丽的妻子效劳。祝她一天比一天更漂亮！如果可能，祝她好上加好！还祝她更加年轻，"那人若有所思地低声说，"那可就真神了。"

"若不是你即将大喜临门，你这样夸奖我，真会叫我惊讶万分呢，泰克尔顿先生。"多特说，脸上没有一点和悦的气色。

"这么说，你全知道了？"

"我力图使自己相信了。"多特说。

"我想，一定让你费尽思索吧？"

"不错。"

玩具商泰克尔顿，通常被大伙儿称作格拉夫·泰克尔顿。因为"格拉夫和泰克尔顿"是这家公司的字号，尽管格拉夫的产权早就被别人买下；现在，只有他的名字还被沿用着，另外，正如一些人所说，根据字典中对"格拉夫"①这个词的解释，他的天性至今仍然保留在这个行业中。玩具商泰克尔顿是这样一个人：他的禀性完全被他的父母和保护人所误解；如果他们将他造就成一个放债人，一个精明厉害的律师，一个郡长手下的官员或是一名中间商，那么，他或许会在青年时代播下他那贪得无厌的种子，然后在胡作非为，经历种种罪恶交易之后，或许仅仅是出于新鲜好奇，也会最终变得和蔼仁慈一些。但是，在四平八稳的玩具制造

---

① 格拉夫的原文为"Gruff"，作"粗暴""乖戾"解。

业中，他感到压抑，他焦躁不安，于是，他便成了一个囚困在家牢中的恶鬼。他一生都靠吮吸儿童们的血过活，是他们不共戴天的敌人。他厌恶所有的玩具，无论如何不会买下一件。出于恶意，他喜欢把一些狰狞的表情刻画在那些黄皮纸做的赶着肥猪去赶集的农夫们的脸上，描绘在宣告败诉律师的悔悟的打钟人、可以活动的缝补长袜或切糕饼的老太婆以及他经销的诸如此类的各种玩具的脸上。他制造出许许多多令人毛骨悚然的面具；木匣子中那些面目可憎、披着长毛的红眼睛玩偶；蝙蝠风筝；身子老是向前冲着的、瞪着眼睛能把孩子们吓得魂不附体的凶神恶煞般的不倒翁。在这些玩具身上，他的灵魂得到极大的满足；它们是他唯一的安慰，是他借以发泄自己卑劣情感的渠道。在这一类发明上，他是出类拔萃的。对一切可以叫人联想起一场小小噩梦的东西，他都感到兴味无穷。他甚至不惜亏本，为幻灯机绘制了不少画着牛鬼蛇神的幻灯片（他本人对这玩具非常钟爱），那些幻灯片上，黑暗之神被描绘成一种长着人头的、稀奇古怪的贝壳。为了把那些魔鬼巨人制作得更加生动逼真，他曾投下一笔可观的资本；尽管他本人不是画家，他却可以手拿粉笔，向他的工匠们发号施令，并使那些怪物的脸上都具有一种鬼鬼祟祟的眼神。这种眼神足可以把任何一个六岁到十一岁的小先生搅扰得心神不定,使他在整个圣诞节或暑假期间惶惶不安。

他在玩具上的好恶,也同样(像大多数人一样)表现在其他事物上。因此,你或许会很容易地猜想,在那件直拖到他小腿部的肥大的绿色斗篷中,那个把纽扣紧紧地扣到下巴的人是个非常有趣的汉子;并且,你还会猜想,这脚蹬着一双红木色鞋面、牛头形长靴的人,是个很高雅的人物和十分可亲的伙伴呢。

不管怎么说,玩具商泰克尔顿就要结婚了。不管他为人如何,他就要结婚了,而且他要娶的是一个年轻的妻子,一个妩媚而又年轻的妻子。

此刻，他站在运货工的厨房里。他干瘪的面孔扭曲着，身子呈螺旋形，帽子压在他鼻梁上方，他把双手直插到衣袋底部。他那全部的辛辣邪恶的心地，从一只小眼的眼角上透露出来，就像集中了几只乌鸦的罪恶的精髓。他这副神情一点儿也不像新郎，可是他偏偏就要当上新郎了。

"三天以后，也就是星期四，今年头一个月的最后一天，那就是我举行婚礼的日子。"泰克尔顿说。

他一只眼睛总是瞪得大大的，另一只眼却差不多总是紧闭着，而那只几乎总是闭着的眼睛却又总是富于表情的。我曾经说过这些话吗？我想我没有这样交代过。

"那就是我举行婚礼的日子。"泰克尔顿说着，一边把他的钱币弄得叮当作响。

"啊，那也是我们的结婚周年纪念日呢！"运货工惊叫起来。

"哈哈！"泰克尔顿放声大笑，"怪啦！你们正好也是那样的一对儿。正正好好！"

听到这放肆的话语，多特的愤怒简直难以形容。接下去他还要说些什么？或许，他正想入非非，憧憬着自己也可能有那么一个宝宝的前景呢。这人真是疯了。

"来，有两句话要对你说。"泰克尔顿喃喃地说。他用肘部轻轻推了推运货工，把他带到离别人稍远一点的地方,"你来参加我们的婚礼吧?你知道,我的处境可是彼此彼此的呀。"

"怎么叫彼此彼此呢?"运货工问。

"我俩的婚姻都有一点不相匹配的地方,你知道。"泰克尔顿说,又轻轻推了送货工一下,"那么,事先来和我们消磨一个晚上吧。"

"为什么?"约翰问,对方这种咄咄逼人的殷勤使他十分诧异。

"为什么?"泰克尔顿回答说,"这可是接受邀请的一种新方式啊!为什么,为了痛快,为了交际,你知道,就是为了这些!"

"我以为你从来就是不爱交际的。"约翰说

道,表现出他那直率朴实的天性。

"咳!我明白了,和你吞吞吐吐可不中用。"泰克尔顿说,"唔,那么事情的真相是,你们俩具有一种喝茶人所说的宜人的外表,你和你的妻子。我们很明白,你晓得,但是——"

"不,我们一点也不明白,"约翰插嘴说,"你这到底是在说些什么呀?"

"好吧,那么就算我们不很明白,"泰克尔顿说,"我们同意,我们并不明白,随你的便,那又有什么关系?可我刚才要说的是,正因为你们具备那种宜人的外表,你们的光临将会在未来的泰克尔顿夫人身上产生一种良好的影响。尽管我知道你的太太对我并不怎么友好,可是在这件事情上,她仍不免最终同意我的看法,因为,她那种娇小可亲、安逸娴雅的风采,即便是对一件她漠不关心的事情,也总会产生一些效果。你答应我,你们来吧。"

"我们早已商定好,要在家里度过每一个结婚纪念日。"约翰说,"六个月来,我们一直对自己许下这样的诺言。我们觉得,你看,家是——"

"呸!家是什么?"泰克尔顿喊道,"还不是四堵墙壁再加一层天花板?(你为什么不把那只蟋蟀弄死?要是我,早就弄死它们了。我总是这样做的,我讨厌它们的叫声。)我家同样有四面墙壁和一层天花板。上我那儿去吧。"

"你弄死你的蟋蟀，嗯！"约翰说。

"我踩死它们。"泰克尔顿回答，说着还使劲地把脚往地板上一跺，"你答应一定来吧？要知道，如果女人家能互相劝勉，说她们对现状心满意足，生活简直再好不过了，那么，这对于你我是同样有好处的。我懂得她们的心思。不管一个女人说了些什么，另一个总会随声附和。她们之中存在着一种竞争精神。先生，如果你的夫人对我的夫人说：'我是世界上最幸福的女人了，我的他啊，就是世界上顶呱呱的丈夫。我是多么多么爱他呀！'那么，我的太太也会对你太太说上这么一番话，也许说得还要多一些，然后她自己差不多也就相信这些话了。"

"你是说,她实际上并不……?"运货工问。

"并不!"泰克尔顿叫道,同时发出一声短促的尖笑,"并不什么呀?"

运货工隐隐约约想说"爱你"。可是,当约翰的目光恰巧和那只半闭的眼睛碰在一起的时候——那眼睛从斗篷的翻起的领子上向他眨巴着,差不多要被那衣领挤了出来——约翰立刻感到这绝不是什么值得一爱的东西的主要部分。于是,他改口说:"她并不相信吗?"

"啊,你这狗,你在开玩笑。"泰克尔顿说。

可是运货工却无法迅速理解对方这席话的全部含义,他非常严肃地凝视着泰克尔顿,使得他不得不再做一些解释。

"我有兴致,"泰克尔顿说;他举起左手的指头,轻轻敲着食指,好像在表示:"这便是本人——泰克尔顿。""我有兴致,先生,娶一个年轻的妻子,一个美貌的妻子。"说到这儿,他又敲了敲小指,表示那就是新娘;他做这个动作时,没有一点怜爱的意味,相反,他神态严厉,带着一种凌人的气势,"我完全能够、而且已经满足了我的兴致。这便是我的怪念头。可是——你看!"

他用手指着多特坐着的地方:她若有所思地坐在炉火前,一手托着她那带笑窝的面颊,眼睛凝望着明亮的火苗儿。运货工看看多特,又看看泰克尔顿,然后再次看了看她,又看了看他。

"你知道,她既恭敬又柔顺,这毫无疑义。"泰克尔顿说,"这一点,对于我这个感情并不十分丰富的人来说,已经是足够了。可是,你认为在这件事上还有更多的一点什么吗?"

"我认为,"运货工说,"如果有什么人说没有了的话,我准会把他扔到窗户外头去。"

"正是那样!"泰克尔顿极其欣喜地表示赞同,"千真万确!无疑你会把他抛出去的。当然,我非常相信这点。一夜平安。祝你做一场美梦!"

善良的运货工感到困惑不解,他感到很不

自在，手足无措。他不由自主地把这副窘态暴露在自己的举止中。

"一夜平安，我亲爱的朋友！"泰克尔顿满怀怜悯地说，"我走了。实际上我俩的情况完全相同，我明白。你明晚不能来吗？算了，我知道后天你们要外出访友。我到那儿去会你们吧，我还要带上我未来的妻子。那对她大有裨益。你同意了？谢谢！啊，那是怎么回事？"

那是运货工的妻子发出一声高叫。这叫声又高又尖，来得那么猝不及防，使屋子像一件玻璃器皿似的轰鸣着。她已经从她的座椅上立起身来，像一个由于恐怖和惊骇而呆滞麻木的人，她木然站立着。那个陌生人已走到炉火跟前烤起火来。他在离多特的椅子仅一步之远的地方站着,可样子十分沉静。

"多特!"运货工叫着,"玛丽!亲爱的!你怎么了?"

一时,他们都围拢来。一直在蛋糕盒旁打着瞌睡的凯里卜突然惊醒,睡意蒙眬之中,他慌乱地一把抓住斯洛博伊的头发,可紧接着又连声道歉。

"玛丽!"运货工惊叫着,把多特抱在怀中,"你病了吗?这是怎么回事?告诉我,亲爱的!"

她只是拍着两手,接着又发出一阵狂笑。然后,她从他的怀抱中挣脱出来,坐到地上,她用围裙捂着脸，痛苦地哭泣起来。再后来，她又笑了，笑了一阵又哭了起来。接着，她说天气实在太冷，并要约翰把她扶到火炉前。到那里，她便又像先前一样地坐下了。那老人和刚才一样，仍然一动不动地站在那儿。

"我好些了，约翰。"她说，"现在我已经很好了——我——"

"约翰！"可是约翰是站在她的另一边。为什么她朝着那位陌生的老人转过头去，就好像在对他说话一般！她精神错乱了吗？

"只是一种幻觉，约翰，亲爱的——一种震惊——一件什么东西突如其来地出现在我眼前——我不知道它是什么。现在没有了，完全没有了。"

"我真高兴它不再搅扰你了。"泰克尔顿喃喃地说,那只富于表情的眼睛扫视着屋子的每一个角落,"我奇怪它究竟上哪儿去了,它到底又是什么玩意儿?嘿,凯里卜,上这儿来!那个白头发的人是谁呀?"

"我不知道,先生。"凯里卜轻声答道,"我以前从没见过他。他那漂亮的身材倒真像一把胡桃钳子,而且还是一种新的样式呢。再往他的背心上插上一把螺丝钳,他就更妙了。"

"不够丑。"泰克尔顿说。

"或者说,他还很像一只火柴盒呢!"凯里卜苦思冥想着说,"一个多好的模型啊!把他的脑袋像拧螺丝钉似的拧下来，把火柴装进去，再把他的脚跟翻上来擦火，就像他站着的姿势，那才真是一个可以放到哪位老爷家壁炉台上的绝妙的火柴盒呢！"

"那还远远不够丑的，"泰克尔顿说，"他简直一无是处。来吧，扛起那盒子！你全好了吧，我希望？"

"唔，完全好了！完全好了！"那娇小的妇人说，挥着手让他快走，"一夜平安！"

"一夜平安！"泰克尔顿说，"再见，约翰·皮瑞宾格尔！你提着盒子的时候可要当心，凯里卜。要是它掉下来，我可要你的命！啊呀，一片漆黑，天气更坏了，是不是？再见！"

于是，泰克尔顿那锐利的目光又在屋子里扫了一遍，接着他便走出门去。凯里卜头顶那盒结婚蛋糕，跟在他身后。

多特刚才的发作令运货工惊愕不已，他一直忙于安慰照料他娇小的妻子，几乎忘却了那陌生人的存在。直到这会儿，他才意识到，那人仍然站在那儿，已经成为他们唯一的客人了。

"你瞧，他不是来找他们的。"约翰说，"我得暗示一下好叫他走。"

"请你原谅，朋友。"老先生走上前对约翰说，"更要请你原谅的是，我恐怕你的夫人还没有完全恢复健康；可是，我的仆人还没有到，"他摸着耳朵直摇头，"我年迈体衰，实在离不开仆人，我担心一定是出了什么差错了。在这样一个寒冷的夜晚，有你的货车给我挡风避寒本来已算很好了（老天保佑，我不要再遇上更破的车了！），可我总觉得受不了。你能行行好，允许我搭铺在这儿住上一宿吗？"

"可以，可以。"多特说，"可以，当然可以！"

"噢！"运货工说道，多特如此迅速地满口答应使他感到奇怪，"这个，我并不反对；不过，我仍然有点不放心，他——"

"别作声！"她插嘴说，"亲爱的约翰！"

"没事儿，他完全聋了。"约翰连忙说。

"我知道他耳聋，可是——是的，先生！完全可以。是的！当然可以！我这就去给他搭床，约翰。"

说罢，她便匆匆忙忙地去准备床铺了。她那惶恐不安的神情和焦躁慌张的举止是那么异常，运货工站着呆呆地注视着她，全然不知所措了。

"那么娃娃的妈妈们要去搭一张床们了吗？"斯洛博伊小姐对着婴孩嚷道，"帽儿们摘掉后，他的头发长成金黄色了吗，变得卷曲了吗；可吓了他一大跳哇，这个小宝贝儿们，坐在炉火旁呀！"

当一个人陷入疑虑和惶惑之中时，他的注意力时常会令人费解地被一些琐碎的小事所吸引，运货工正是如此。他缓缓地在屋子里踱来踱去，发现自己竟正在心中一遍又一遍地默念着斯洛博伊的那些荒唐可笑的话语。

他重复默念了许多遍，因此已把这些话记得滚瓜烂熟，可是他仍然翻来覆去地念着，就好像他是在背诵一篇课文。这时，蒂里不断地用手使劲地摩擦着宝宝那小小的光脑袋，直到她认为（根据护士们的习惯做法）已收到了健儿效益后才罢休。然后，她又给宝宝戴上了帽子。

"可吓了他一大跳呀，一个小宝贝们，坐在炉火旁呀。可是究竟是什么吓了多特一大跳呢，我真不知道！"运货工一边来回走着，一边苦苦地思索。

他在内心揣摩着那玩具商人的言外之意，可是那些话带给他的只是一种模糊的、难以名状的不安。因为泰克尔顿是机灵而又狡诈的，而他却痛苦地感到自己是个理解力愚钝的人，任何一点支离破碎的暗示总要叫他忧心忡忡。当然，他绝对无意将泰克尔顿所说的话与他妻子异乎寻常的行为联系起来；但是，这两股思绪一起钻进他的头脑，他实在无法将它们分开。

不多会儿，多特就把床安置妥当了。陌生的客人谢绝了消夜的点心，只喝了一杯茶后便去睡了。于是，多特说道："一切都好了，一切都好了。"她为丈夫把那张大椅子安放在壁炉边上，把烟斗装满烟叶后递给他，然后，她像往常一样，在火炉旁紧挨着他的那张小凳上坐了下来。

她几乎总爱坐在这张小凳上；我想，她一定认为那是一张用甜言蜜语向她逢迎的小凳。

我应当说一下，说她是世界上最了不起的装烟斗的人，她真是当之无愧的。你看吧：她先把那丰腴的小手伸进烟斗里，然后对着烟管使劲吹着，以保证烟管的清洁畅通。她这样吹过之后，总还要设想那烟管里还有些什么渣子，于是便又吹了十一二次。然后，她把她那漂亮的小脸蛋极其动人地歪着，再把烟斗拿到眼睛前，像看望远镜似的对着它细看着……当你看到这一切时，你一定会认为这是一件非常出色的事情。对于烟叶，她也是一名精通的行家里手；而她点烟的手法更是高明——运货工把烟斗衔在嘴上，她拿着个点燃的纸捻儿那么贴近他的鼻子，可是总也不会烧到它，这是一门艺术啊，先生，一门绝妙的艺术。

真的，那蟋蟀与水壶此刻又活跃了起来，它们承认那是艺术！那光亮的火苗儿又炽烈地燃烧了起来，它承认那是艺术！座钟上那个割草匠默默无声地干着活，他承认那是艺术！当然，最乐于承认这点的，还是那额头舒展平和、面容和蔼可亲的运货工啰。

当他安详从容、若有所思地吸着烟斗的时候，当那只荷兰钟滴滴答答发出声响、那通红的火苗儿闪闪发光的时候，当那只蟋蟀又唧唧吟唱的时候，他那火炉和家宅的守护神（那蟋蟀便是这样一个守护神）以天仙的姿态在屋子里出现了，并且在他周围唤出各式各样的"家"来。不同年龄、不同体态的多特顿时充满了整个屋子。孩提时代的欢快的多特出现在他面前，她飞跑着，摘采着鲜花；当他求爱时，站在他粗壮的身躯前的多特，她半推半就，腼腆娇羞；新婚的多特，在房前跨下马车，惊讶地拿起那一串家门的钥匙；做了母亲的娇小的多特，在假想的斯洛博伊陪伴下，抱着孩子去受洗礼；当了主妇但依然年轻，依然花容月貌的多特，望着女儿们在乡村舞会上婀娜起舞；身子发胖了的多特,被玫瑰花般的孙儿们团团围住的多特;枯萎了的、拄着拐杖蹒跚而行的多特……那时,年迈的运货工也出现了,瞎了眼睛的老波瑟躺在他的脚边;接着,是年轻的车夫赶出簇新的货车,车篷上写着"皮瑞宾格尔兄弟公司"的字样;还有就是风烛残年、病魔缠身的运货工,他受到最温柔的人们的护理;最终出现的,是墓地中那故去的、被人遗忘的老运货工的坟墓,上边覆盖着萋萋的青草。尽管他的目光一直盯在火苗儿上,可当那蟋蟀把这一切展现在他眼前时,他非常真切地看到了它们。运货工的心情变得轻松愉快了,他用整个身心感谢他的家神,而且和你一样,再不去理会那个格拉夫·泰克尔顿了。

可是,那个身材像青年男子一般的人究竟是谁呢?同样是这只蟋蟀仙子把他安置在离多特的小凳极近的地方。他停在那里,显得那么孤独。为什么他拖延着不肯离去,靠她那么近,而且把胳膊搭在壁炉台上,还不断地唠叨"结婚了!可不是和我!"呢?

啊,多特!令人失望的多特啊!在你丈夫的整个心灵中,是没有一点留给它的位置的;可为什么它的阴影偏偏笼罩着他的家呢?

第二章

凯里卜·普鲁默和他的盲女相依为命地活着,就像许多故事书所说的那样——让你我一起为故事书祝福吧,因为在这个乏味的世界上,它们总可以给我们说点什么。凯里卜·普鲁默和他的盲女孤苦伶仃地生活着。他们住在一座矮小的、像破裂的胡桃壳一般的木屋子里,如果把格拉夫和泰克尔顿的那幢赫赫显眼的红砖楼房比作一只鼻子，那他们的木屋实际上还不及那上面的一只小脓包。格拉夫和泰克尔顿的宅邸是那条街上最了不起的特征；可是，对凯里卜·普鲁默的住房你只需敲它一两锤，它便会坍塌，然后，一辆大车便可以把那些破破烂烂一齐拉走了。

如果有谁真把那木屋砸垮，如果在这一场浩劫之后有谁还会怀念起那座小木屋，那么毫无疑问，人们只会赞许说，把它拆除是一项极大的改进。木屋紧挨着格拉夫和泰克尔顿的宅邸，就像大船龙骨下的一只藤壶①，门上的一

---

① 藤壶，一种海洋中的甲壳动物，生活于海滨岩石、船底以及其他大型甲壳动物上。

只蜗牛,或是树干上的一簇毒蕈。但是,那木屋确实曾经是一株幼芽,有了它,格拉夫和泰克尔顿的家业才得以生长成参天大树。就在木屋东倒西歪的屋顶下,前一代的格拉夫曾小规模地为当时的少男少女制作过不少玩具;那些孩子们玩着玩具,后来发现它们陈旧过时了,然后弄坏了它们,最终,他们自己也长眠于地下了。

我说过,凯里卜和他可怜的盲女住在这儿;可我本该说,是凯里卜住在这儿,而他可怜的盲女却住在别的什么地方,住在凯里卜创造出的一个令人陶醉的家园里;那里,没有贫穷与不公,也没有苦恼与忧愁。凯里卜不是巫师,但他从事着依然留存在我们中间的唯一的神奇的艺术：忠诚的、不灭的爱的魔术。造物女神是他学习的导师，在她的教诲之下，一切美好的奇迹便出现了。

这双目失明的姑娘从不知道，他们的天花板已褪了颜色，墙上满是污渍，灰泥四处剥落，巨大的裂缝不经修补，正在一天天地扩张，那房梁正在腐朽，随时都有坍塌下来的危险。这双目失明的姑娘从不知道，他们的铁家具正在锈蚀，木器正在坏朽，墙纸也都凌乱不堪地挂着：整座住房已是风雨飘摇，濒于崩溃了。这双目失明的姑娘从不知道，在他们家的板格上放着的是一些丑陋不堪的土罐陶盆，他们的屋子里弥漫着一种哀伤衰败的气息；在她失去视力的眼前，凯里卜那稀疏的头发一天比一天更加灰白。这双目失明的姑娘从不知道，他们有着一个冷酷、苛刻、毫无同情心的主人，她从不知道泰克尔顿的本来面目，相反，她却笃信，泰克尔顿是个时常喜欢和他们说俏皮话的性情幽默的人，他充当着护卫他们生活的天使，却不屑听他们说一句感恩戴德的话语。

这一切都是凯里卜——她忠厚朴实的父亲——变出的戏法！可是，凯里卜的火炉边也有那么一只蟋蟀。在这失去母亲的盲女还十分年幼的时候，在他不胜悲哀地听着蟋蟀的吟唱的时候，那小小的精灵给他以鼓舞，使他想到，即便是她那极大的缺憾也可能转变成一种福分，而且他可以用这些小小的办法，使姑娘的心情愉快起来。因为，蟋蟀家族的全体成员都是极有声威的精灵，虽然经常的情况是，那些与它们交往的人们并不明白这一点。在这幽冥的世界中，还有什么声音能比这炉旁的神灵向人类倾诉衷肠的声音更加温柔，更加真挚呢，还有什么声音能和这声音一样完全可以信赖，一样确凿地给人以最亲切的忠告呢！

凯里卜父女俩在他们平常的工作室里一起忙碌着，这屋子同时也充当他们平日的起居室。这是一个奇怪的地方，这里，放满了为各种不同身份地位的玩具娃娃们制作的房屋，有的已经完成,有的还没有做好。这里,有中产之家娃娃的郊外住宅;有下层阶级娃娃的厨房和单间住房;还有贵族社会娃娃的在城里的豪华公馆。这些房子中,有一些好像是设计者考虑到收入有限的娃娃们的方便,根据居住者的经济能力而安排了内部陈设;另一些则具备最奢侈的排场,一俟吩咐,便可用满架的桌椅、沙发、卧床和其他装饰物把房间装点起来。这些贵族豪绅以及平民百姓(这些住房便是为他们设计制作的)躺在置于屋内四处的篮子里,眼睛睁得大大的,盯着天花板。但是,为了表明这些玩具娃娃在社会上的等级,为了使它们的外形与它们各自的身份相符合,不走样(经验告诉我们,在现实生活中,这是困难得令人可悲的),这些玩具娃娃的制造者们费尽了匠心,他们的技艺显得要比那通常是刚愎而又执拗的大自然高明得多。他们并不依赖那些作为不同身份标志的绸缎、印花棉布及小碎布头等东西,却同样给玩具娃娃增添了不少无懈可击的、极其鲜明的而且又是因人而异的记号。于是,声名显赫的贵妇人有着蜡制的、比例完全对称的四肢,可是,只有她以及与她地位相同的人才得以享受这样的特权;比她稍次一等的人物是用皮革制成的,再次的便是用粗麻布一类的原料做的了。至于那些平民嘛,他们的胳膊和两腿就只配用火绒盒里的火柴棍来做了,而且,一旦它们被安置在那种阶层里，它们便再也不可能从中挣扎出来。

除了玩具娃娃，凯里卜·普鲁默的屋子里还陈设着显示他手艺的其他产品。这里，有诺亚方舟，船上的鸟兽异乎寻常地紧密排列着；我告诉你，不过你想方设法总可以把它们从船顶那儿塞进船舱，并把它们摇晃着，挤进一个最小的空间。就像写诗时大胆的破格一样，凯里卜在这些诺亚方舟的许多门上安装了叩门环，也许这种不合逻辑的画蛇添足是为了叫人联想起晨间的来访者和邮递员，然而对于这建筑的外表说来，它们却是令人满意的装饰。这里，还有一大批好似郁郁寡欢的小货车，当轮子转动的时候,它们便奏出一曲曲最令人伤感的音乐来。此外,还有许多小四弦琴、小鼓和形形色色的刑具;还有不可胜数的大炮、盾牌、宝剑、长矛和火枪等等。身穿红色马裤的小杂技演员不停地翻着跟斗,他们一跃而起,跳过红棉布带做的高高的障碍物,脑袋冲下,落到地上;无数外貌可敬的(且不说德高望重吧)老绅士们发疯似的跳过有意设置在他们街门前的一排平卧着的木钉;房间里还有各种走兽,各种各样的马儿尤其多,从用四只小钉做马腿,一片破布做鬃毛,躯体上斑斑点点的马儿,到奋勇奔驰的良种摇动木马,真是应有尽有。

　　只要那控制着机关的把手一转,这无数奇

形怪状的小玩艺儿便立刻会做出各式各样的可笑的动作来。要计算这些玩具的数目是极其困难的，因此同样，要叙述人类的愚行、罪孽或弱点也不是一件易事，在凯里卜·普鲁默的陋室中，你是无法找到与它们相似或相差甚远的模式的。此外，对于人类的愚行、罪孽和弱点，我们也不能夸大其词，因为任何一个小小的把手都会促使一些男女像那些玩具一样，做出种种奇异的表演来。

在所有这些物品中，凯里卜和他的女儿坐着工作着。那盲女充当着一个忙碌的、玩具娃娃的服装师，凯里卜则正在给一座理想的家庭宅第那装有四对窗门的正面刷着油漆，镶上玻璃。

凯里卜的脸上布满皱纹，透露出忧虑，他聚精会神，完全沉浸在他的工作之中。他的这种神情姿态如果表现在某个炼金术士或深奥的学究身上，那便是极为合适的了；可现在，你一眼就可看出，它与凯里卜的职业以及他身边那委琐平凡的环境形成了古怪的对照。可是，不管事情是多么细小琐碎，如果为了面包你必须去发明创造，必须去从事这工作，那么这事情也就变得非常严肃重要了。除了这种考虑之外，我本人丝毫无意声称，如果凯里卜是一位宫廷大臣，或是一名议员，一个律师，或者甚至只是一个大投机商，他所制作的玩具便会稍逊一筹；尽管我对于它们是否能像现在这样于人无害这点，抱有极大的怀疑。

"这么说，父亲，昨晚您就是那么冒着雨，穿着那件漂亮的新大衣出去的吗？"凯里卜的女儿问。

"是的，是穿着那件漂亮的新大衣。"凯里卜回答，同时，他向屋子里的一条晾衣服绳子瞅了一眼：先前我们交代过的那件破麻袋布衣服很仔细地挂在上面晾着。

"父亲，您买了它，我真高兴啊！"

"而且，它又是那样了不起的一个裁缝做的。"凯里卜说，"一个很时髦的裁缝呢。对于我，这衣服是太好了。"

盲女停下手中的活儿，快乐地笑着。

"太好了吗，父亲？有什么太好的东西您不该享用呢？"

"可是，穿起它我还真有点儿难为情呢。"凯里卜说。他端详着女儿那笑逐颜开的脸庞，留意着他的话语所产生的效果，"真的！当我听见我身后的那些孩子和人们议论说：'哎呀！瞧这先生穿得有多帅！'我简直不知道眼睛往哪儿看才好。还有，昨晚有个叫花子总缠着我，当我告诉他我只是个普普通通的人时，你猜他怎么说？他说：'不，您老爷！您老爷可别这么说！'这可真叫我无地自容。我实在觉得仿佛我没有权利穿它了。"

幸福的盲女哟！她沉浸在狂喜之中，是多么的兴高采烈啊！

"我看见您了，父亲！"她拍着手说，"我看得真真切切，就像自己有眼睛一样！只要有您在我身旁，我好像就不需要那双眼睛了。您穿的是一件蓝色的大衣！"

"鲜蓝色的。"凯里卜说。

"是啊，是啊，鲜蓝色的！"女孩抬起她那神采飞扬的脸蛋儿，惊叫着，"这种颜色，我恰巧想到了，就是那神圣的天空的颜色！以前你告诉过我天空是瓦蓝瓦蓝的！啊，一件鲜蓝色的大衣！——"

"而且做得十分宽松。"凯里卜又提了一句。

"啊，是啊，做得十分宽松！"盲女一边高叫，一边纵情欢笑着，"于是，您穿着它，亲爱的父亲，您的眼神那样欢快，您的脸上带着笑容，您的脚步又是那样从容，您的头发乌黑浓密：您是多么年轻，多么英俊啊！"

"哎哟！哎哟！"凯里卜说，"我马上就要沾沾自喜了！"

"我想您已经沾沾自喜了！"盲女极其欢乐地用手指点着他，高声说，"我了解您，父亲！哈，哈，哈！您瞧，我已经猜到了！"

可是，她脑海中的这幅图画与坐在那儿凝视着她的凯里卜是多么迥然不同啊！她曾经说到过他那从容的步履，在这一点上，她是对的。

多少多少年以来,他从来没有用他自己的那种缓缓的步态跨进过这个门槛儿,他总是为她的耳朵假造出一种脚步声来;即便是在他心情最为沉重的时刻,他也从不曾忘记,他要用这种轻快的足音给女儿的心以欢乐与勇气!

天知道!可是我想,凯里卜的这种令人费解、令人惶惑的所作所为多半是出于他对瞎眼的女儿的厚爱,是他因此而把自己以及自己周围的一切事物弄颠倒,连他本人也糊里糊涂了的结果。经过这么多年不辞辛劳地破坏他自己的个性以及一切与之有关的所有事物的个性,这个瘦弱的老人又怎么可能不感到困惑呢?

"唔,好了。"凯里卜说,他向后退了一两步,以便更好地鉴赏一下自己的作品,"和真房子几乎一模一样,真是半斤八两呢!可惜这房子的正面一下子统统打开了!如果能在里头加一段楼梯,如果能给每间房间都安上一扇固定的门,那该有多妙!可是,这正是干我这一行的最大的毛病,我总是想入非非,总是哄骗自己。"

"您说话的声音十分微弱,您一定疲倦了吧,父亲?"

"疲倦?"凯里卜突然很有生气地应答道,"有什么能叫我疲倦呢,贝莎?我从没有疲倦过,我不懂疲倦是什么。"

为了把他的话说得更加有力,他使劲克制着自己,才没有不由自主地像壁炉台上那两个半身的、仿佛永远处于疲惫之中的小人那样伸起懒腰,打起哈欠来,而且他还哼起了哪一首歌中的片段。这是一首酒神节的歌,唱的是一只金光灿灿的酒碗。他唱着,发出一种怡然自得的声音,因此,他的脸庞显得比平常消瘦了一千倍,也更加心事重重了。

"怎么!你唱起来了?"泰克尔顿站在门口,探着脑袋问,"唱下去呀!我可不会。"

任何人都不会想到他会唱歌。无论如何,他不具备一般所说的唱歌的面孔。

"我可没工夫唱歌。"泰克尔顿说,"不过你能这样唱我倒是挺高兴。我希望,你也能有工夫干活。我想,既要唱歌,又要干活儿,时间恐怕就不够用了吧？"

"你要是能看见他就好了，贝莎，他正使劲对我眨巴着眼睛呢！"凯里卜轻声地说，"他真是个幽默大师！要是你不了解他，你会以为他是一本正经的呢，你说呢？"

盲女微笑着点了点头。

"人们都说，能够唱歌却不愿意唱的鸟儿，必须让它唱，"泰克尔顿嘟哝着说，"可是，不能唱、不该唱，却偏要唱的猫头鹰，我们又该拿它怎么办呢？"

"啊，我的天！"凯里卜窃窃地对女儿说，"这会儿，他的眼睛眨巴得更加厉害了。"

"他对我们总是乐乐呵呵，轻松愉快的！"

满面笑容的贝莎叫出声来。

"噢！是你在那儿，是吗？"泰克尔顿回答说，"可怜的白痴！"

他确实相信，她是个白痴。而且他把他的这种信念建立在——我无法说出他是有意还是无意——她喜欢他这个理由上。"唔，是你么，你好吗？"泰克尔顿十分勉强地说。

"啊，我很好，我很好。我非常快乐，正像你祝福我的那样；我快乐得像你使全世界的人们都快乐一样，如果你能做到的话。"

"可怜的白痴！"泰克尔顿嘟囔着，"她毫无理性，毫无理性！"

盲女捧起他的手亲吻着；她用双手将它握

住，接着温柔地用脸颊贴着这只手，良久之后才松开。在这一系列举动中，有一种无可名状的爱戴，一种炽热强烈的感激，这甚至使泰克尔顿本人也动了感情，于是他用比他平常的吼叫要温和一些的声音说：

"你怎么啦？"

"昨天晚上临睡时，我把它安放在我的枕头边上，在梦里我还牵挂着它。天亮时，那光灿灿、红艳艳的太阳——是红太阳吗，父亲？"

"在清晨和黄昏，它是红艳艳的，贝莎。"可怜的凯里卜说，眼睛悲哀地望着他的雇主。

"太阳升起来的时候，那耀眼的、使我简直不敢迎着它走过去的光芒照射进屋子里，我把小树苗放到了向阳的地方,我感谢上帝,因为他造出如此珍奇可爱的花木,我也感谢了您,因为是您把它送来使我快乐的!"

"莫非是疯人院打开了!"泰克尔顿压低声音说,"我们马上得弄点约束衣和消声器来,我们得准备起来了!"

凯里卜将两手松松地勾在一起,在他女儿说话的时候,他茫然正视着前方,好像他确实不能断定(我相信他正是如此),泰克尔顿究竟有没有做过什么事情,从而值得她这般感恩戴德。此刻,如果凯里卜是个完全自主的人,如果要求他要么就不顾死活把那玩具商踢上一顿,要么就根据他的功德而下跪在他脚边,那么我相信,凯里卜将无法在两者中必择其一,因为它们的可能性将是平分秋色,不相上下的。然而,凯里卜明白,为了女儿,是他,亲手将那棵小玫瑰那么小心翼翼地带回家来;又是他,亲口编造了这样一个无罪的欺蒙,这样女儿才不至于怀疑,每天他是怎样地、怎样地在否定着自己的念头,即他这么做,女儿也许会更快乐一些。

"贝莎!"泰克尔顿说,一时装出一副亲切的表情,"上这儿来。"

"噢,我可以立刻走到您身边!您不必给我引路。"她回答说。

"要我告诉你一个秘密吗,贝莎?"

"只要您愿意！"她急切地回答。

那阴郁的面庞此刻是多么欢欣啊！那屏息谛听的脸蛋儿是多么神采奕奕啊！

"今天，就是那个小——叫什么来着，那宠坏了的孩子，皮瑞宾格尔的妻子照例要来看望你们并举行她那古怪的野餐的日子，是吗？"泰克尔顿说，口吻中表现出对这桩事的极大反感。

"是啊，"贝莎回答，"是在今天。"

"我猜对了！"泰克尔顿说，"我也很想来参加你们的聚会呢。"

"父亲，您听见了吗？"盲女狂喜地喊道。

"是啊，是啊，我听到了。"凯里卜讷讷地

说，他神情呆滞，很像个梦游症患者，"可我不相信这话。不用说，这又是我扯的一个谎。"

"你知道，我——我要使皮瑞宾格尔一家子同梅·费尔丁更近乎一些，我就要和梅结婚啦。"

"结婚！"盲女叫出声来，吃惊地从他身边向后退了几步。

"她可真是个该死的白痴！"泰克尔顿轻声骂道，"恐怕她永远也不会弄懂我在说些什么。啊，贝莎！结婚！——教堂，牧师，文书，牧师助理，玻璃马车，铜钟，早餐，喜庆蛋糕，礼品，猪膝，切蛋糕的傧相，还有其他形形色色的蠢玩意儿。知道么，就是举行婚礼，一场婚礼。你知道婚礼是怎么回事儿吗?"

"我知道。"盲女语调低沉地回答,"我懂的!"

"真的吗?"泰克尔顿嘟哝着说,"这可出乎我的意料。就算你懂吧。就为了那个原因,我要你也参加这个聚会,还要把梅和她母亲也带来。我会在上午送点什么吃的来,比方说一块冷羊腿肉,或是那种吃起来怪美的小甜饼什么的。你们可得等着我,啊?"

"好的。"她回答说。

她垂下头,身子转向一边,两手交叉着站在那里,沉思起来。

"我想你们不会等我的,"泰克尔顿望着她,抱怨道,"因为你们好像已经把这事儿给忘得一干二净了,凯里卜。"

"我敢说,我是在这儿,"凯里卜想着。"先生!"

"留意别让她把我刚才对她说的话忘了呀。"

"她从来不忘事的。"凯里卜回答,"这是她仅有的几件不聪明的事情之一。"

"每个人都把自己的草鹅当作天鹅。"玩具商耸耸肩膀评说道,"可怜虫!"

老格拉夫·泰克尔顿极其鄙夷地说完这句话,便转身离开了。

贝莎一动不动地坐在那里,依然在思索着

什么。欢快的神情从她低垂的脸上消失了,这会儿这张脸上满是忧愁。有三四回,她摇着头,似乎是在为某种记忆或某些损失而悲叹;但是,她那愁惨的心绪是难以用语言来表达的。

凯里卜一直在忙着,他熟练迅速地将挽具钉到几匹马身上的重要部位,把这几匹马套到一辆运货车前。这时,贝莎走近他的工作椅,挨着他坐下,说:

"父亲,在这一片漆黑之中,我是多么孤独!我需要我的眼睛:那耐心的、随时愿给我帮助的眼睛!"

"它们在这儿呢。"凯里卜说,"它们总是乐意为你服务的。贝莎,一天二十四小时,不论在什么时候,它们是我的眼睛,但更是你的眼睛。亲爱的,你要你的眼睛为你做些什么呢?"

"环顾一下这间屋子吧,父亲。"

"好嘞,"凯里卜说,"说话之间,我已经看过了,贝莎。"

"告诉我,它是什么样子。"

"它还是老样子。"凯里卜说,"十分朴素,但非常舒适。墙壁上那明快的色彩,碟子盆子上那鲜艳的图案,房梁、镶板那光闪闪的木料,整个房间给人以愉快整洁的感觉,这一切使它显得很漂亮呢。"

是啊,凡是贝莎的双手能够辛勤劳作到的

地方，那确实是令人愉快而又整洁的。但是，在这古旧破败的小屋里，在这凯里卜用想象使之变化了的小屋里的其他地方，又怎么可能是令人愉快而又整洁的呢。

"这会儿您穿着工作服，一定不像您穿着那漂亮大衣时那样仪表堂堂了吧？"贝莎抚摸着他说。

"是不那么帅了。"凯里卜回答，"不过很轻便呢。"

"父亲，"盲女说着，走到他身边，轻柔地伸出一只胳膊搂住凯里卜的脖子，"告诉我一点有关梅的事儿吧。她很秀美吗？"

"她确实很美。"凯里卜说。梅确实妩媚，

对凯里卜来说,不用编造着说话,倒真是一件稀奇事了。

"她的头发乌黑,"贝莎沉思着说道,"比我的头发更黑。她的嗓音甜润又悦耳,我知道,我经常喜欢听她的声音。她的体态——"

"这屋子里所有的玩具娃娃中没有一个可以与之媲美!"凯里卜说,"还有,她的眼睛!——"

他不再往下说了,因为贝莎将他的脖子搂得更紧了;而且,那只拥抱着他的手臂带着一种警告的分量,对此,凯里卜是充分理解的。

他咳嗽了一会儿,接着拿起头敲打了一阵,随后便又唱起那支有关"金光灿灿的酒碗"的歌曲来，每当他陷入困境时，采用这样的策略总是万无一失的。

"父亲，再说说我们的朋友，我们的恩人吧。您知道，听您说起他来，我是从不厌烦的。您说是吗，我可曾厌烦过吗？"她急促地说。

"你当然不曾厌烦过。"凯里卜回答，"这是很有理由的呀。"

"啊，该有多么充分的理由啊！"盲女高声叫道。虽然凯里卜的动机是那么纯正，但当他望见贝莎那溢于言表的热情时，他实在不忍心正视她的面庞；他垂下了双眼，仿佛贝莎可以从他的眼神中识破他那善意的欺骗。

"那么，亲爱的父亲，再跟我谈谈他吧。"

贝莎说，"反反复复地多说几遍吧！他的面容仁慈，和蔼，亲切，我肯定这张脸既忠实又真诚。他时而表现得粗鲁而又冷漠，可这正是他良苦的用心，他想以此来掩盖住他给予人们的种种恩惠；他有着一颗真正男子汉的心，从他的每一种表情、每一瞥眼神里，您都可以感觉到这颗心的跳动。"

"它是高尚的。"凯里卜在沉默的绝望中插了一句。

"对，它是高尚的！"盲女喊道，"他要比梅大几岁，是吗，父亲？"

"是——的。"凯里卜颇为勉强地说，"他是比梅大一点儿，可那无关紧要。"

"哦，父亲，当然啰！在他年迈体衰时，做他耐心的伴侣；在他患病时，做他体贴的护士；在他遭遇痛苦时，做他坚贞的朋友；为了他，不知疲倦地工作；看护他，照料他；坐在他的床沿儿上，他醒来时与他聊天；他熟睡时为他祈祷……这一切，该是多么巨大的荣幸啊！这一切，又是足以证明她忠实于他并完全献身于他的多么好的机会啊！亲爱的父亲，她会去做这一切吗？"

"毫无疑义。"凯里卜说。

"我爱她，父亲，我打心底里爱她。"盲女呼喊起来。说着，她便把她那可怜的、瞎眼的脸蛋儿放到凯里卜的肩头上，然后不停地哭泣起来;凯里卜几乎后悔给她带来这种弄得她泪流不止的欢乐了。

　　在这段时间里,皮瑞宾格尔家里可乱了套了。因为若不带上小宝贝,娇小的皮瑞宾格尔太太自然是不愿出门的,可是要把孩子收拾停当,却要花费许多时间。说到那孩子本身的体重或身高,那真是微不足道——但是,要给他做的事情却多得难以计数,而做这些事情又只能是一桩一件地慢慢来。例如,当你费了九牛二虎之力终于给孩子穿上了衣服,而且可能满有理由地认为再忙它一两下子便可把他打扮成一个世界上顶呱呱的孩子的时候,他却出人意料地戴着法兰绒帽子昏昏欲睡了;于是,你得赶紧把他送上床，让他在两条毯子中间"煨"（姑且这么说吧）上差不多一个钟头。在这一会儿安静之后，他又在酣睡之中被唤醒（免不了要大哭大闹一场），因为要请他去——怎么说呢！如果你们允许我按照一般的说法来讲的话，我就宁可说——用一点儿便餐。在此之后，他又睡了过去。于是，皮瑞宾格尔太太便利用这一小段间歇，恰到好处地修饰了一下自己的边幅，她的娇美，绝不会亚于你一生中所能遇见的任何人。同样在这一段时间里，斯洛博伊小姐则慢慢套上了一件羊毛短外衣，这件衣服的样式是那样奇异怪诞而又别具匠心，它似乎与斯洛博伊本人或这宇宙间的万物都格格不入：它是一件缩皱了的、折了衣角的、桀骜不驯的衣服，它可以全然不顾任何人的评说而独树一帜，独行其是。到这时，孩子又变得生气勃勃了，皮瑞宾格尔太太便和斯洛博伊小姐一道，给他罩上一件乳黄色的斗篷，头上又戴上一顶本色布的凸起的小帽；最后，他们三人才下楼走出门来。那匹老马早就等得不耐烦了，它用蹄子使劲地刨着地皮，把路面弄得破烂不堪，它这般造成的损失用它一天中交纳的通行税也难以补偿。在远远的前方，可以隐约看见波瑟的身影，它站在那里回首张望着，似乎在怂恿那老马不等命令就奋蹄疾跑呢。

　　要是说到需用一把椅子或其他什么东西来

帮助皮瑞宾格尔太太爬上马车的话，那你们对约翰的了解真是微乎其微的，我蛮可以给你们介绍一番，如果你们觉得有必要的话。还不等你看清楚约翰是怎样把多特一把抱起来，多特已经在车厢里她的座位上坐得好好的了，她的脸羞得通红，说道："瞧你！约翰！你怎么能这样呢！想想蒂里也在这儿呢！"

如果允许我随便谈谈哪位年轻女郎的腿部的话，我便要讲到斯洛博伊小姐的腿：她那双腿好像命中注定是特别容易磕伤擦破的；因此，当她做一些即便是最轻微的攀上爬下的动作时，她每次总也要在自己的腿上留下一道道疤痕，这情景就像鲁宾孙·克罗索把日子一天天地刻到木头日历上面一样。但是,因为我这样讲可能会被认为不文雅,所以我想我还是暂且不说了吧。

"约翰,那只篮子你带上了吧,就是那装着小牛肉、火腿馅饼,还有啤酒什么的篮子?"多特问,"如果你没把它给带上,你必须马上掉头回去一趟呢。"

"你可真是个可爱的小家伙。"运货工回答,"说得倒轻巧,再回去一趟,可你已经叫我晚了一刻钟啦。"

"真对不起,约翰。"多特急匆匆地说,"可是,要是不带上小牛肉、火腿馅饼,还有啤酒什么的,我是不愿到贝莎家去的,真的,约翰,说什么我也不会去的。吁！——"

这个单音节的字是向那马儿发出的，可那老马对此全然不加理睬。

"噢，快叫'吁'吧——约翰！"皮瑞宾格尔太太说，"求求你！"

"下次再掉头回家吧，以后会有机会的——等到我也开始丢三落四的时候。你瞧，这篮子不是在这儿好好的吗？"约翰回答。

"你可真是个狠心肠的恶鬼啊，约翰！你为什么不早早告诉我，让我费了这么多口舌！我说了，如果不带上小牛肉、火腿馅饼和啤酒什么的，给我多少钱我也不会上贝莎家去的。想想，约翰，自从我们结婚以来，我们每两星期总要定期在那儿举行一次小小的聚餐会，如果它有什么地方出了岔子，我几乎就会觉得，我们永远不会再交上好运了。"

"打一开头儿这就是个好主意。"运货工说，"为此，我敬重你，小女人家。"

"我亲爱的约翰，"多特双颊涨得绯红，说道，"别说什么敬重不敬重我了，天哪！"

"哎，我说——"运货工说，"那位老先生——"

即刻，多特显然又是困窘不堪了。

"他真是个怪人，"运货工说，眼睛正视着前方的道路，"我吃不准他。可我觉得，他不会伤害我们的。"

"绝对不会的。我，我敢肯定，他不会伤害任何人的。"

"是吗？"运货工说，眼睛凝视着多特那神情非常认真的面庞，"我很高兴，你能这样确信，因为这也就证实我的想法是不错的。他竟会想到要我们允许他在我们家继续住下去，这可有点儿离奇了，是吗？事情发生得这么奇怪。"

"真是很奇怪。"她小声回答，声音低得几乎难以听见。

"然而，他可是个性情温良的老先生。"约翰说，"而且付钱也像个有身份的绅士似的。我想，他的话也像上流人的话一样，靠得住。

今早我同他谈了好久，他说，他现在已经比较熟悉我说话的腔调了，因此，我说的话他能听得比较清楚啦。他告诉我好多有关他自己的事，我也告诉了他许多我的事情，他问了好些问题呢。我告诉他，我有着两条常来常往的线路，你知道，就是我送货的线路；我告诉他，我一天从我们家向右走，然后返回来；另一天则从我们家向左走，同样再回来（因为他是外乡人，他是不知道这儿的地名的）；他听了显得挺快活的。'啊,那今晚我就和你同路回家了。'他说，'我还以为你恰恰是朝相反方向去呢。那真太棒了！可能我还要麻烦你再给捎个脚，但我担保，我不会再那么呼呼死睡了。'上回他睡得可真死,真是的!——多特!你在想什么?"

"想什么,约翰?我,我在听着你说话呢。"

"哦,那还好!"憨厚诚实的运货工说,"从你的脸色看,恐怕我又胡扯得太远了,你一定是听得不耐烦了,想起旁的什么事情了吧。我敢说,我差不多已经扯得太远了。"

多特没有回答,有一段时间里,他俩沉默着坐在车上向前颠簸着。但是,在约翰·皮瑞宾格尔的车上要保持长久的沉默是不容易的,因为路上的每一个人都有些话要对约翰说。虽然这些话可能只是"你好吗"之类的寒暄,而且确实,在此之后经常没有什么其他的话题,但是,要以同样热情友好的态度来做答复,仅仅点头致意或微微一笑显然是不够的,需要的是像议会发言般的鸿篇大论,是有助于肺部健康的滔滔不绝的演讲。有时候,步行的或骑马的赶路人为了与约翰聊聊天,会特意凑上前来,靠在车边一齐前行;于是,双方的话匣子便一下子全打开了。

那时,波瑟也招引出许多人来和运货工亲热地互致问候;在这方面波瑟的高明是五六个基督信徒也难以企及的。一路上谁都认识它,尤其是那些鸡啊,鸭啊,还有小猪什么的,只要它们一看见波瑟——它身子歪斜着,像是想刺探些什么似的竖起耳朵,尾巴翘在空中使劲地摇摆着——走近时,它们立刻退避三舍,躲进远处自己的家里，它们是不愿意领受与波瑟进一步结交这份荣光的。不管走到哪里，波瑟总也闲不住：跑进每一个岔道里看一看；跳上每一座井台探探头；窜进每一间村舍，然后又跑出来；闯进所有的小学校，吓得鸽子满天飞，惹得猫儿尾巴都变粗了；此外，它还会信步走进一家小酒馆，俨然是个经常光顾的老客。不管波瑟走到哪里，总能听到什么人大声叫喊起来："哎呀，这不是波瑟吗！"然后，那个人便走出门来，至少会有两三个其他人会跟着他一起跑出来，向约翰·皮瑞宾格尔和他的美丽的妻子问一声安好。

这辆运货车上的大小包裹多得不可胜数；

一路上接收一些,同时再送出一些,需要停靠许多站。但是,这样的停车绝不是他们旅程中的什么糟糕的事情。有些人对他们的包裹满怀热望,有些人收到包裹时惊喜万分,还有一些人对他们的包裹则有着唠叨不完的关照……约翰对所有的包裹都怀有非常浓厚的兴趣,他甚至觉得这活计就像演戏一样的好玩。同样,有许多货物要运走,这也是需要考虑与讨论的;应该怎样将它们调整好并置放妥当,就此,运货工和货主们还得举行会议商量一番。在这时候,波瑟通常要上前助一臂之力,它时而凑过来聚精会神地观望,更长时间里,它则围绕着这聚在一起的有识之士们转着圈圈,并一直声嘶力竭地吠叫着。但这一切小事件发生着的时候，多特只是坐在车里她的位置上，饶有兴味地、眼睛瞪得圆圆的观望着，她的那副神态，构成一幅以车篷为镜框的、小巧可爱并令人赞叹不已的肖像画。我敢肯定地告诉你，这时路旁的年轻小伙儿们少不了要用胳膊彼此碰撞一下，会意地丢个眼色，并且窃窃地议论着，表露出艳羡的神情。这使得运货工心花怒放，他为自己的小妻子得到人们的赞美而骄傲，他知道对此她是不会介意的——相反，也许她还十分喜欢呢！

旅途中有一点儿雾，在一月份的天气里，这不足为怪，此外还有点阴冷。但是，有谁会在乎这些区区小事呢?多特是决不会的!蒂里·斯洛博伊也不会,因为她把坐车旅行看作人间无与伦比的欢乐,世界上至高无上的希望。那孩子更不会在乎的,我敢赌咒;因为这一路上他被捂得暖暖的,因此睡得熟熟的;虽说婴孩很需要穿暖睡足,但在这两方面,没有哪个孩子能比幸福的小皮瑞宾格尔得到更加周全的照顾了。

当然,在蒙蒙雾气中,你无法看得很远;但你仍然可以看到许许多多的景物!即使大雾再浓些,只要你费心去细看,你一定会惊讶地发现,你还是可以看到许多景致的。是啊,哪怕只是坐在车上观赏原野上的仙人环,以及残留在篱笆和树木旁边的荫蔽处的块块白霜,就已是一件叫人心旷神怡的事情;更不用说看那在雾气中时而出现时而消失的树林了。那些矮树丛互相缠绕着,光秃秃的,在风中摇动着许多枯萎了的花朵;但是,这种景色中却没有凄凉的韵味。此时此地,遐想一番是极其悦意的;因为它会使你觉得你家中的火炉边分外温暖,你期待中的夏天更多了几分浓绿。河水看上去是寒冷的,可它仍在流淌,非常欢畅地流淌——这点是很重要的。渠道里的水却流得十分迂缓,像停滞了一般——这一点是必须承认的,但这毫无关系。当霜冻更加厉害时,它会很快结起冰来,于是,便会有人来溜冰滑雪;那些笨重的旧驳船也被封冻在码头附近的什么地方,动弹不得,每天,它们只得从它们那生了锈的铁烟囱里向外喷吐着烟气,无所事事地消磨着时光。

在一个什么地方,有一大堆野草或是树枝什么的正在燃烧着;在白天,火焰呈白色,透过雾气发出耀眼的光芒,火堆中只有一两处不时闪现出一点红色的火苗儿。他们观望着,直到斯洛博伊小姐大声咳嗽,呛得透不过气来为止,她同时把那孩子也吵醒了,这下孩子就不愿再睡去;她解释说,咳嗽是因为浓烟"冲上鼻子"所致——只要有那么一点最微小不过的刺激,她总会做出这样一番举动来。这时,波瑟已走到四分之一英里开外的地方了，它已走过小镇的边缘，来到凯里卜及其女儿居住的那条街的拐角；在约翰一行到达凯里卜家门口时，它已经和盲女一起在人行道上站了多时，等着迎接他们呢。

顺便我还要说一下，在波瑟同贝莎交往时，它具备某种微妙的鉴别力；这使我完全相信，波瑟知道贝莎是个盲女。它从来没有像它时常对其他人那样地凝神注视过她，以引起她的注意，它总是直接去接触她的身体。我不知道，它同盲人或是瞎了眼的狗是否打过什么交道。但我很清楚，它从来也不曾有过一个瞎了眼的主人，而且老波瑟先生、老波瑟太太以及它们尊贵的家族中的任何一名成员都不曾罹患过盲症。也许,这是它自己的一项发现,而且,不知什么原因,它对此显得十分有把握;因此,此时它便紧紧咬住贝莎的裙子不放,直到皮瑞宾格尔太太和孩子、斯洛博伊小姐以及那只篮子都妥妥当当地进了房门,它才罢休。

　　梅·费尔丁已经来了;陪伴她的是她的母亲——一个面带愠色、爱发牢骚、枯燥乏味的老太婆。因为她使自己的腰肢保持了像床柱一般的细,所以据认为她有着最出类拔萃的体形;而且,由于她曾经十分富有,或者说,由于她总是煞费苦心地故作姿态,以使人们得出她可能曾经发迹过的印象(如果有什么从来不曾发生而且似乎是根本不可能发生的事情真的发生了的话。但这没有关系)。所以，她确实具有一种大家闺秀的雍容华贵的风度。格拉夫·泰克尔顿也在场，他竭力做出一副令人愉快的样子来；很显然，他毫不拘束而又洋洋得意，好像一条精力充沛的小鲑鱼一下子跳上了大金字塔的塔顶。

"梅！我亲爱的老朋友！"多特一边叫着，一边向梅跑去，"见到你，是多么叫人高兴啊！"

她的老朋友完全和她一样兴高采烈；而且，相信我的话，看到她俩拥抱在一起，更是一件赏心悦目的美事。毫无疑问，泰克尔顿是个颇具审美力的男子。梅确实很美。

你知道，有时你已熟悉了某一张漂亮的脸蛋儿，可一旦它与另一张美丽的面庞相遇，而且你又将这两张脸做一番比较的话，它会顿时黯然失色甚至变得丑陋不堪，它再不配获得往日你对它做出的高度评价了。可现在，当多特和梅站在一起的时候，情况却完全不是这样，因为这两张脸是如此自然、如此相得益彰地互相衬托出它们各自的妍丽；当约翰·皮瑞宾格尔跨进屋子时，他差一点失声叫了出来：她俩真应该是一对同胞姐妹！——我想，这也是你见到多特和梅时所能感觉到的唯一的一点美中不足了。

泰克尔顿把他的羊腿肉带来了，此外，说

来更妙的是，他还带来了一只大果馅饼——当我们的新娘在场时，我们当然不会在乎一点小小的铺张；我们不是每天都结婚的——除了这些精致美味的食品外，还有小牛肉、火腿馅饼和那些被皮瑞宾格尔太太称为"小东西"的吃食，主要是一些干果、橘子、糕点，以及诸如此类的小吃。所有这些东西都在桌面上摆好，桌子的一侧放着凯里卜贡献的一大木盆热气腾腾的土豆（有正式的契约明文规定，他不得拿出任何其他的菜肴）；这时，泰克尔顿便领着他未来的岳母到上席就座。为了给这举行盛会的场所更增添几分光辉，为了使那些愚笨的庶民们对她表示敬畏，这威严的老太太还戴了一顶帽子作为装饰,此外,她还戴着手套。可是,让我们还是学着做个上流人吧,否则还不如去死!

凯里卜坐在他女儿身边;多特和她的老同学并排坐在一起;善良的运货工坐在餐桌的末端;斯洛博伊小姐坐在椅子上,暂时与所有其他家具都离得远远的,为的是她不会再把孩子的脑袋碰撞到什么东西上去。

蒂里向四下望去,看着那些娃娃和玩具,它们也同样睁大了眼睛正视着她和那些客人们。站在沿街的家门口的那些年高德劭的先生们(他们个个手脚不停地动弹着)对这些聚餐的人们表现出特殊的兴趣;在他们蹦跳出去之前，总要驻足静立一会儿，仿佛是在谛听人们的谈话；然后，他们才左一次、右一次发疯似的翻起跟斗来，甚至都不停下来喘一口气——眼前举行的这次聚会似乎使他们欣喜若狂。

的确，如果这些老先生们看到泰克尔顿那副局促不安的神情举止，如果他们想因此而得到一种幸灾乐祸的喜悦，他们是很可以得到这种满足的。泰克尔顿跟谁也谈不投机；他未来的新娘越是和多特谈得亲热快活，他越是不高兴，尽管他正是为了这个目的才促成她俩的这次会面的。因为他是"牛槽中的狗"——一个自己郁郁寡欢又不希望别人快活的人，因为他就是他泰克尔顿，所以她俩欢笑时，他却笑不出来，而且他会立即想到，她们一定是在笑话他。

"啊，梅！"多特说，"亲爱的，亲爱的，变化多大啊！谈起那欢快的学校生活，我仿佛又变得年轻了。"

"怎么，你从来也没有老过啊，不对吗？"泰克尔顿说。

"看看我那老实巴交、劳劳碌碌的丈夫吧，"多特答道，"他至少给我添了二十岁。你说是吗，约翰？"

"四十岁呢！"约翰回答。

"你会叫梅年老多少岁，我实在说不上来。"多特笑着说，"可是到她下一次过生日时，她也就差不多有一百岁了。"

"哈哈！"泰克尔顿笑着。但他的笑声是那样干涩，听起来像是一只破鼓；而且，他的那副神情像是他很想轻而易举地把多特的脖子一下子拧折。

"亲爱的，亲爱的，"多特说，"还记得吗，那时在学校里，我们是怎样滔滔不绝地议论着我们将要选择的丈夫啊。我不知道我挑选的丈夫会是这么的不年轻，不英俊，不快乐，不活泼！说到梅的呢——天哪！想到当年我们竟是那么两个傻丫头，我真不知道该哭还是该笑呢。"

梅似乎知道应该怎么做，因为此时她的脸

色变得绯红,而且已是泪水盈眶了。

"有时我们确实有过意中人——那些真正生龙活虎的年轻人,"多特说,"可我们很少考虑事情的结局将会怎样。我从来没有看上过约翰,我肯定,我甚至连想都没有想到过他。而如果那时我告诉你,你最终要嫁给泰克尔顿先生,哼,恐怕你会狠狠打我几巴掌的,是吗,梅?"

虽然梅没有说"是",但她确实也没有说"不是",而且她没有做出任何否认的表示。

泰克尔顿哈哈大笑起来,他笑得那么响,简直像是在叫唤着什么。约翰·皮瑞宾格尔以他惯有的那种敦厚善良、心满意足的态度笑着;

可他的笑同泰克尔顿的笑比起来，只能算是窃窃的耳语了。

"这一切可都由不得你们啰。你们瞧，你们是无法抗拒我们的。"泰克尔顿说，"你们成了我们的人，我们的人！而你们那些快活的年轻的郎君在哪儿啊？"

"他们有一些已经死了，有一些被我们忘记了。"多特说，"还有一些，如果他们这会儿站在我们面前，他们不会相信我们还是从前的我们，不会相信他们的所见所闻都是真的，不会相信我们会那样轻易地将他们忘掉！不！他们连一个字也不会相信！"

"咳，多特，"运货工想制止她，"你这小

女人家！"

她说这番话时神情郑重庄严而又充满了激情，无疑，她需要静静地站立一会儿，才能恢复常态。她丈夫的劝阻是很有分寸的，他只是怕多特过于伤害老泰克尔顿而出来干涉了一下；但这劝阻十分见效，因为多特立即闭住嘴，不再多说什么了。即使在沉默时，多特的神情里也带有一种不寻常的焦虑；狡黠的泰克尔顿似乎看出了什么，他那半闭的眼睛死死盯着多特，审视着她，而且，他颇有用意地把这事记在心上——过一会儿你会明白的。

梅缄口不言，既没有说好话，也没有说坏话，她只是静坐着，眼睛向下望去，对眼前发生的一切她似乎毫无兴趣。这时，那位尊贵的太太——她的母亲，却开口说了起来；首先，她说女孩子终究是女孩子，过去的事毕竟是过去的事，既然青年人总是缺乏经验而又不能深谋远虑，那么他们做出的事也免不了是幼稚可笑而又失之周到的；此外，她还列举出其他两三个同样是那样正确而又无可辩驳的论点。接着，她又极其虔诚地说，她感谢上帝，因为她一向就觉得梅是个孝敬、温顺的女儿；对此她本人并不居功自傲，尽管她有充分的理由相信，这完全是她教女有方的结果。至于泰克尔顿先生，她说，从道德的观点来看，他是个无可指摘的人物；从选婿的角度讲，他又是个称心如意的女婿,在这点上,任何有理性的人都是不能怀疑的(说到这儿,她特别加强了语气)。关于那个在他几番恳请之后很快就要允许他与之结亲的家庭,她说,她相信泰克尔顿先生一定理解,虽然它显得略为贫寒,但它具有名门的气派;若不是发生了一些意外的情况——她甚至说到,那意外情况是与一笔什么靛青贸易相关的,但她并不打算就此事特别加以赘述——她们家或许完全可能积攒起一笔财富。接着她又说,她不愿意回首往事,更不愿意提起她女儿曾几次三番地拒绝了泰克尔顿先生的求婚;她不愿意讲到许许多多其他的事情,而这些事其实她都已唠唠叨叨地讲过了。最后,她宣称：根据她的观察和经验而得出的总的结论是，那些最少含有被人们浪漫而又愚蠢地称作"爱情"的婚姻，总是最幸福的；并且，她已从那件即将到来的婚事中预见到了那种最巨大的幸福——那不是什么狂热一时的幸福，而是一种可靠的、稳固的幸福。她在结束讲话时还告诉大伙儿，"明天"是个特殊的日子，正是为了它，她才活了下来；明天过去之后，除了希望将来寿终正寝，能安葬在一块好坟地上，她不会再有任何其他的企求了。

这些话是叫人难以回答的——一切叫人摸不着头脑的话都具有这种巧妙性——于是，他们改变了话题，并把注意力都转移到小牛肉、火腿馅饼、冷羊肉、土豆以及大果馅饼上面去了。为了使那瓶装啤酒不致受到冷遇，约翰·皮瑞宾格尔提议为"明天"——举行婚礼的日子——干上一杯；在他出去继续送包裹之前，他要求大伙儿和他一起喝个痛快。

你得知道，约翰在这里只不过是歇歇脚，并给那匹老马喂点草料，他还得继续往前赶四五英里的路程；晚上回家时，他上这儿来接多特，顺便再休息一下。这是每一个聚餐日的程序，并已成为他们的一种例行的制度了。

除了新娘和那被选中的新郎之外，在座的还有两人对这次祝酒反应冷淡。一个是多特，她激动烦躁，坐立不安，无法适应眼前发生的任何小事情；另一个是贝莎，她赶在其余人前头，匆匆忙忙地站起身来，离开了餐桌。

"再见了！"强壮的约翰·皮瑞宾格尔一边打着招呼，一边穿上他的厚呢大衣，"我还在老时间回来。再见了，诸位！"

"再见，约翰。"凯里卜回答说。

他仿佛是十分机械地说着这话，而且，他带着一副同样魂不守舍的神色挥着手儿；因为他站在那儿正焦虑、惊奇地凝望着贝莎，他面部的表情一刻都不曾改变过。

"再见，小家伙！"快活的运货工说着，一边弯下身去吻了吻那孩子；这会儿正专心致志地使用着刀叉的蒂里·斯洛博伊已把那孩子放在贝莎的一张小床上,哄他睡熟了(说来也怪,这次她一点儿也没有伤着他)。"再见!我想会有那么一天的,小伙计,到那时,你会顶着风寒到外边去干活,让你的老父亲坐在壁炉角那儿抽上一口烟,养一养他的风湿病,是吗,嗯?多特在哪儿呀?"

"我在这儿呢,约翰!"她大吃一惊似的说。

"过来,过来!"运货工啪啪地拍着手掌说,"烟斗在哪儿呢?"

"我真把烟斗给忘了呢,约翰。"

"把烟斗给忘了!这可是件闻所未闻的怪事儿呀!她!竟会忘了烟斗!"

"我,马上,我马上就会把它装好的,立

刻就能装好的。"

然而,多特并没有立刻把烟斗装好。烟斗还在平常放的那地方——运货工粗呢大衣的口袋里,边上还有一只多特亲手缝制的小烟叶袋;通常,多特总是能那样得心应手地从小口袋里取出烟草,并把它填进烟斗里;可是,此刻她的手如此剧烈地颤动着,她甚至把手伸进小口袋里而拔不出来了(然而,我敢肯定,她的手十分纤小,完全可以轻而易举地伸出口袋的)。而且她装烟叶时动作显得非常笨拙。装烟叶,点烟斗——如果你还记得的话,我曾夸赞过多特在履行这两项小小的职责时所表现出的干净利落——自始至终她都做得十分糟糕。在这段时间里，泰克尔顿一直站在一旁，用那只半闭的眼睛充满恶意地审视着她；当他的这只眼睛与多特的目光相遇时——或者说，是捕捉到多特的目光时，因为我们是很难说这只眼睛与别的眼睛对视"相遇"的，它倒更像是一种捕捉别人目光的机器——多特便越发惊慌失措了。

"怎么了，多特，今天下午你怎么变得这样笨手笨脚了呢？"约翰说，"我真相信，我自个儿来都能干得比你强些。"

他乐呵呵地说完这些话，便迈着大步走了出去。不一会儿，大道上便传来约翰的吆喝声，波瑟的吠叫声，老马的蹄声以及车轮的辚辚声——这真是一曲十分欢快的音乐呢。那时，凯里卜仍然神思恍惚地站立着,眼睛凝视着他的盲女,脸上还是先前的那副神情。

"贝莎!"凯里卜轻声说,"发生了什么事情呀?打今天早上开始,不过才几个小时,亲爱的,你变得多么厉害啊!你整天就这么不言不语地发呆!是怎么回事?告诉我!"

"啊,父亲,父亲!"盲女喊叫着,眼里的泪水夺眶而出,"唉,我的命运真凄苦,真凄苦啊!"

凯里卜在回答女儿的话之前,先抬起手擦拭了一下自己的眼睛。

"可是,贝莎,想一想你一直都是多么愉快、多么幸福啊!你是那么善良,人们又是那么地爱着你！"

"那正是令我伤心的呀，亲爱的父亲！总是对我体贴入微！总是对我万般慈爱！"

凯里卜感到十分困惑，他不能理解贝莎的话。

"失去了——嗯，眼睛，贝莎，我可怜的孩子，"他吞吞吐吐地说，"当然是一种巨大的痛苦；但是——"

"不，我从来没有感到过这是一种痛苦！"盲女高声说，"我从来没有感受过这种痛苦的全部！从来没有！有时候，我真希望，我能睁开眼看看您，或再看看他，只要看一次，只要短短的一分钟，我就会心满意足，亲爱的父亲——这样，我才可能知道我所珍爱的人们的模样，并且——"说到这儿，她把手放到自己胸口上，"把他们珍藏在我的心上！这样，我才可能相信我心中的形象是正确的！有时候（可那时我还只是个孩子），在我做晚间祷告时，我也曾哭泣过，因为我想到有朝一日您的形象会从我心里上升到天上去，那时它可能竟会不是您本人的真正的容貌。但是，这些情感从来没有在我心里停留很长时间，它们不久就消逝了，于是我便又感到安谧而满足。"

"可它们还会回来的……"凯里卜说。

"不，父亲！我善良温柔的父亲啊，如果我有什么过错，请您宽恕我吧！"盲女说，"可真正折磨着我的心的,并不是这一种哀伤!"

她是那样的真挚,那样的哀婉动人,她的父亲控制不住自己的感情,热泪从他湿润的眼睛里流淌下来。可是,他仍然没有理解贝莎这番话的含义。

"请她到我这儿来。"贝莎说,"我再也不能把话儿憋在心里头了。带她到我身边来,父亲!"

她知道凯里卜正迟疑着,因此她又说:"梅!请梅过来!"

梅听见贝莎在叫着自己的名字,便轻轻走到贝莎跟前,挽住她的胳膊。盲女立刻转过身来,紧紧握住梅的双手。

"看看我的脸吧,亲爱的,亲爱的!"贝莎说,"用你那美丽的眼睛细细地看一下我的脸,然后告诉我,那上边是不是写着真诚?"

"是的,亲爱的贝莎!"

盲女仍然仰起她那热泪纵横、丧失视力的脸,对她说着这些话:

"在我的灵魂里,我全部的希望、全部的思绪都是在为你祝福的呀,聪明伶俐的梅!在我俩都还是小孩子的时候,或者,在我由于失去了眼睛而总好像是个小孩子的时候,你——目光炯炯,美丽端庄,完全有理由因此而自豪的你——多少次、多少次地对我关怀备至啊;这种记忆深深地印刻在我的脑海里,与它比较起来，我的灵魂里再没有哪一种更强烈的充满感激的回忆了！愿你万事如意！愿你幸福的前程充满光明！同样，我亲爱的梅，"贝莎更贴近了她，把她的手握得更紧了，"同样的，我的小鸟，因为今天，你即将成为他的妻子的消息使我激动得心碎！父亲，梅，梅！为了他为减轻我在黑暗中生活的厌倦而做出的一切，为了当我叫你时你对我的信任，请原谅我的这种感情吧！上天可以作证，我不会希望他娶一个比梅更配得上他的妻子了！"

说着说着，她松开了梅·费尔丁的双手，用一种既是恳求又满怀爱慕的姿态抓住梅的衣裳。当她继续着她这番令人惊奇的自白时，她的身体不断向下沉着,最终她跪倒在她朋友的脚边,把她那双目失明的脸庞埋进梅的裙子的褶边里。

"老天爷!"她的父亲惊叫道。听了贝莎的这番心里话,凯里卜就像是受了猛烈的一击,"从她在摇篮里起我就欺骗着她,到头来却只是让她心痛欲碎!"

有多特在场,对每一个人来说都是值得庆幸的。那个欢快活泼、乐于助人、忙忙碌碌的多特——不管她可能有什么过错,不管你怎样地想去忌恨她,她确实是我所形容的这种人——我说,有多特在场对他们每一个人说来,都是一件再好不过的事情,否则,事情真不知会弄到哪一步田地。这时,多特已恢复了她那从容冷静的态度,她不等梅答话,不等凯里卜再说出什么话来,便插嘴说了起来。

"来,来,亲爱的贝莎!跟我到那边去!把她搀起来,梅!对!你瞧,她已经十分镇定了;她这样听话,真是太好了。"这活泼的小妇人一边说着,一边还亲吻着贝莎的额头,"到别处去吧,亲爱的贝莎!来,喏,她的好爸爸在这儿,你会陪她去的,是吗,凯里卜?当——然——啰!"

不错,不错,在这类事情上,她可真是个了不起的小多特,如果有谁能够违抗她的这种苦口婆心,他必定是个铁石心肠的人了。她把可怜的凯里卜和他的贝莎带到别处,这样他们父女俩便可以在一起互相安慰一番,她知道他们会这样做的;不一会儿,她便连蹦带跳地回来了——她神采飞扬,正如人们常说的,像是一朵鲜艳的雏菊;可我要说,她比雏菊更加艳丽动人——她得赶忙上前去和那位戴着帽子和手套的、趾高气扬的大人物周旋,免得这可敬可亲的老太太从眼前发生的事情中发现一点什么蹊跷。

"蒂里,快把那小宝贝给我抱来!"她说着,拉了一把椅子坐到火炉旁边,"让我把他放在腿上,费尔丁太太在这儿,蒂里,她会告诉我应该怎样带孩子的,而且,她至少可以纠正二十处我做得大错特错的地方呢,你答应我吧,费尔丁太太?"

即使是那传说中的威尔士巨怪①,在他与死敌角逐时,在他的死敌于早餐时耍弄的、并终于得逞的花招面前,他也是——根据大家的说法——"迟疑"了很久之后才在自己身上施行那致命的外科手术的;即使是他,也是在三思之后才坠入为他设置的陷阱的,可谁知,那老太太竟会这样乖乖地上了这个狡黠的圈套。泰克尔顿已经走到外边去了,另外两三个人正聚在屋子的那一头交谈着,有那么两分钟,人

---

① 威尔士巨怪,英国古代儿童故事中的人物。

们把她撇在了一边,这就足可以使她摆出一副尊贵的架子来,脸上并显露出为那场有关靛青贸易的玄而又玄的灾祸而不胜悲哀的表情——她可以在二十四小时内都保持这种模样。但是,那个年轻的母亲对她的经验所表现出来的诚笃的钦佩终于使她欣喜得难以自禁了,于是,在故作谦卑地推辞了一阵之后,她便以一种最优雅的风度开始对多特循循诱导起来。她在恶作剧的多特面前正襟危坐,在半个钟头之内,便说出了许多极其可靠的育儿秘诀和治家箴言来;可是我相信,如果真的依照她的话行事,是准会把小皮瑞宾格尔整得遍体鳞伤、一命呜呼的,尽管他一直健壮得像个小参孙。

为了改换一下话题，多特做了一点针线活儿——她的衣兜里竟揣着一只针线包，我不知道她是怎么想出这个高招的——然后她给孩子喂了奶，接着又做了一阵针线活；当那老太太昏昏沉沉地打盹儿时，她便悄声与梅说了一会儿话。就这样，她像平时一样匆匆忙忙地干着这些琐碎的小事情，一个下午便很快打发过去了。那时，天色暗了下来；因为，由多特代替贝莎来操持所有的家务已成为他们聚餐日规章制度中的一个重要部分，所以，她把炉火整旺，把炉子周围打扫干净，端出茶盘，拉上窗帘，并燃起了蜡烛。然后，她又用那架凯里卜为贝莎制作的简陋的竖琴弹奏出一两首曲子，她弹得十分动听：因为上帝给了她两只精巧的娇嫩的耳朵，它们不仅对音乐具有很高雅的鉴赏力，而且，它们若戴上一些珠宝玉器也是极其相宜的，如果多特有的话。这时，按照惯例已到了用茶点的时间，因此，泰克尔顿又走进屋来，准备和大家一块儿进餐，一块儿度过这个夜晚。

凯里卜和贝莎在早些时候便已经回屋来了，而且凯里卜还坐下身来干起他下午的活计。但是，这可怜的人无法安下心来工作，他一直在为他女儿的事而焦虑着，悔恨着。他无所事事地坐在工作凳上，那样忧心忡忡地注视着贝莎，他的脸总好像在说："从她在摇篮里起我就骗着她，到头来却只是叫她心碎！"看到这情形，真是叫人伤感万分。

转眼天已经黑了，大家用完了茶，多特也已经把杯盘刷洗干净，再没有什么其他事情要做了。这时候，简单地说——我总要说到这里的，再拖延下去也无济于事——当大家都在凝神谛听运货工的车轮声并等待着他归来的时候，多特的举止突然又变了；她的脸一阵白，一阵红，显得心烦意乱。那绝不是像贤惠的妻子们在盼望丈夫回家时所表现出的那种急切不安。不，不，不。她表现出的是一种与那不同的心神不定。

车轮响了。听得见马蹄声了。一只狗吠叫着。所有这些声音渐渐地近了。接着便是波瑟用爪子扑抓房门的声音。

"那是谁的脚步声?"贝莎惊奇地叫道。

"谁的脚步声?"运货工答道。他站在门口,棕色的脸庞经凛冽的夜风吹过,显得更加红润了,就像一颗冬天的草莓,"那还用说,当然是我的。"

"还有另一个人的脚步声,"贝莎说,"走在你身后的那人是谁?"

"什么也瞒不过她呢!"运货工哈哈大笑着说,"进来吧,老先生。大家都会欢迎你的,别害怕。"

他粗声大气地嚷道;他正这么说着话,那耳聋的老先生便走进门来。

"他已经不是什么陌生人了,凯里卜,你不是见过他一面吗?"运货工说,"你能给他一个歇歇脚的地方吗,直到我们走?"

"哦,没问题,约翰,这是我的荣光呢!"

"要找个能说说悄悄话的人,他算得上是世上最健谈的伙伴了。"约翰说,"我跟你们说,我的嗓门儿实在够大的了,可他简直要叫我甘拜下风。坐下吧,老先生。这里都是好朋友,见到你都会很开心的。"

他用一种足以证明他的"大嗓门儿"的声音做出这一担保,然后他又用本来的声音说:"给他在壁炉角上放一把椅子,让他安静地坐着,欢欢喜喜看看热闹,这就足够了。他人很随和。"

贝莎一直细心地听着。当凯里卜把椅子放妥当之后,她把他叫到身边,低声地要他讲一讲他们的客人的模样。凯里卜讲完之后(这一次凯里卜没有说谎;而且讲得一丝不苟地精确),她才挪动了一下身子——是客人进屋后的第一次——然后长叹一声,似乎对他再没有什么兴趣了。

运货工现在正是兴高采烈的时候,他确实是个热情豪爽而又易于亲近的人;此刻,他好像比以往任何时候都更加喜欢自己的小妻子。

"这个多特,今天下午真是笨手笨脚!"他说。这时,多特离其他人远远地站着,约翰伸出他粗壮的胳膊去搂抱她,"可不知怎么的,我倒真喜欢她。看那边,多特。"

他用手指着那老人。她眼睛向下望去,我想她在发抖。

"他,哈,哈,哈!他一个劲地说你好!"运货工说,"一路到这儿,他没有说过别的话。嗬,他才是个心直口快的老头儿呢。就为这个,我喜欢他。"

"我倒希望他能有个别的什么更好的话题,约翰。"她说着,不安的目光向屋里四下环顾着,还特别留神地望了望泰克尔顿。

"更好的话题?"快活的约翰喊道,"没那回事儿。来,让我把这大衣脱掉,把这厚披巾连同这沉甸甸的外套都脱掉！我得在火炉边舒舒坦坦地玩它半个小时！太太，愿为您效劳。甩一把纸牌游戏吧，你和我？那真带劲儿。多特，把纸牌和记分板拿来，如果还有啤酒剩下的话，也给我倒上一杯送来，好吗，小妇人？"

　　他的挑战是向着那位老太太发出的，她非常乐意地答应了。于是，他俩便玩开了。开始，运货工还能不时微笑着向四下望上一眼，或者，不时把多特唤到身边，让她趴在自己肩头看他手中的纸牌，并且在他感到棘手时让她帮自己拿点主意。但是，他的对手是个恪守牌规的老手，而且总爱犯一种偷偷给自己多记上几分的小毛病，所以他不得不警觉起来，他的眼睛和耳朵也就再也无暇顾及其他事情了。这样，他的全部注意力逐渐集中到纸牌上，旁的事他什么也不加考虑，直到有一只手按到他的肩上，他才意识到泰克尔顿就站在身边。

"打扰你了，真对不起——可我有一两句话要对你说，马上就完。"

"我这就要发牌了。"运货工回答，"现在正是危急关头呢。"

"是危急关头，"泰克尔顿说，"跟我来，伙计！"

他苍白的脸上有一种异样的神情，这使得运货工立即站起身来，匆忙地询问到底发生了什么事情。

"别作声！约翰·皮瑞宾格尔。"泰克尔顿说，"对这件事，我深表遗憾，真是很遗憾。我一直担心会发生这类事，从一开始我便产生了怀疑。"

"到底是什么事？"运货工十分惊恐地问。

"别作声！我带你去看，跟我来。"

运货工没有再说什么，便跟他走了。他们走过满天繁星下的庭院，然后从一扇小小的侧门走进泰克尔顿本人的账房，这里有一扇玻璃窗正对着仓库；因为是夜里，窗子紧闭着，账房里没有灯火，而那狭长的仓库里却点着灯，所以那窗户是亮堂堂的。

"等一会儿好吗？"泰克尔顿说，"向那窗

户里看去,你想你能受得了吗?"

"为什么受不了?"运货工回答。

"再等一会儿!"泰克尔顿说,"千万别动武,那是毫无用处的,而且非常危险。你是个身强力壮的汉子,你会稀里糊涂地弄出人命来的。"

运货工正视着他的脸,像是挨了一击似的后退了一步。然后,他向前迈了一大步走到窗子边,他看到——

啊,那笼罩着火炉的阴影!啊,那忠实的蟋蟀!啊,那不贞的妻子!

他看见,她和那老头儿在一起,可是此刻,那人不再是老态龙钟了,他身材魁伟,相貌堂堂，他手上拿着的正是那使得他能够走进他们凄凉而又不幸的家的那团花白色假发。约翰看见，当他低下头向多特耳语时，她留神地听着；当他们缓缓地沿着那昏暗的木门廊向他们进屋来的门走去时，多特任凭他用手搂住她的腰。他看见他们停住了脚步，看见她转过身来，于是，那张脸——那张他爱得如此深切的脸——便映入他的眼帘！他看见，她亲手为那人整理好他头上的那一团骗人的玩意儿，而且，她一面这么做着，一面还呵呵笑着，似乎是在嘲笑着他那从不怀疑他人的天性！

起初，约翰把自己强有力的右手紧紧攥了起来，仿佛他可以一拳打倒一头猛狮。但是，他很快就把手松开了，当着泰克尔顿的面，他把拳头松展开来，因为，即使在那时候，他对多特也还是满怀着温情。这样，他俩便退了出来，约翰在桌子旁坐下，像个瘫软的婴儿。

当多特回到屋子里，准备回家的时候，约翰已经把大衣和围巾都穿戴好了，他匆忙地驾起马，整理着包裹。

"咱们走吧，约翰，亲爱的！晚安，梅！晚安，贝莎！"

她还能像往常一样跟大伙儿亲吻辞别吗？离开时，她还能表现得那么轻松愉快吗？她还能毫不羞愧地面对大伙儿吗？是的。泰克尔顿目不转睛地注意着她，这一切她都做到了。

蒂里正哄着孩子,她左一次右一次地在泰克尔顿身边走来走去,口中懒洋洋地不住念叨着:

"知道了它要做它们的太太们喽,噢,噢,它的心快碎了吗?它的爸爸们从它在摇篮里时就骗着它啰,噢,噢,到头来只是叫它心碎了喔!"

"来,蒂里,把孩子给我。晚安,泰克尔顿先生。天哪,约翰上哪儿去了?"

"他打算一路走着回去,牵着马,不上车了。"泰克尔顿说着,扶她上车坐到座位上。

"我亲爱的约翰!走路?今晚上?"

她丈夫的身子捂得严严实实,他仓促地点

了点头；于是，待那乔装改扮的陌生人和那小保姆在座位上坐稳后，那匹老马便起步了。波瑟，这不晓人事的波瑟仍然一会儿跑到前面，一会儿又跑回来，一会儿又围着车子打转转，而且，它仍像往日一样神气活现而又欢天喜地地汪汪叫着。

泰克尔顿陪伴着梅和她母亲也回家去了。这时，可怜的凯里卜便在火炉旁他女儿的身边坐了下来，内心充满了焦虑和悔恨。他心事重重地望着贝莎，脑子里不住地回响着这句话："从她在摇篮里时我就骗着她，到头来却只是叫她心碎！"

刚才为了逗孩子开心而上了发条转动起来

的玩具，此时已停止了运动，他们个个显得筋疲力尽了。在昏暗的灯光下，在一片寂静之中，那从容镇静的玩具娃娃；那睁大眼睛、扩张着鼻孔的不安的摇动木马；那膝腿无力、佝偻着身躯、站在沿街房门口的老先生们；那面庞扭曲着的星鸟；那像寄宿学校学生整队出发一般、两个两个排成一队地走向诺亚方舟的野兽……在这错综复杂的情况面前，似乎都因为多特的不贞和泰克尔顿的受宠而惊讶万分，呆若木鸡了。

第三章

　　墙角上的那只荷兰钟敲响了十下,约翰在炉边坐了下来。他心乱如麻,极其哀伤;他的这副模样似乎使钟上的那只布谷鸟都大惊失色,它尽可能急促地结束了那非常悦耳的十声鸣响,然后马上又跳进了那摩尔宫里;而且,它"啪"的一声关上了那扇小门,好像这异乎寻常的景象是它的情感所不堪承受的。

即使那小割草匠手中拿着的是一把最锐利的刈刀，即使他每一次的挥动都是砍在运货工的心上，他也绝不可能像多特那样深深地划破和伤害了约翰的心。

这是一颗充满了对她的爱的心；多特每天每日表现出来的可亲可爱的品德，纺出了无数美好温馨的记忆的线条，这颗心就是与此紧紧相连，密不可分的；在这颗心上，多特用无限的柔情和亲密已占据了神圣的一席位置；这颗忠贞的心是那样专一，那样诚挚，它那样富于正义感，又是那样的毫无邪念；所以，开始时，这颗心既没有激愤的怒气，也没有报复的欲念，它只是把它的偶像的业已破碎了的形象包容着。

可是，渐渐地，渐渐地——当运货工坐在炉边那么苦苦思索的时候，此时炉火已奄奄一息，不能给人什么温暖了——另一些暴怒的念头开始在他心里涌起，就像夜里刮起一阵狂风。那个陌生人就住在他这遭受了侵害的家里。只消三步，他就可以走到那人的卧室门前；只要一拳，他便可以把门砸开。"你会稀里糊涂地弄出人命来的。"泰克尔顿说过。可是，如果他给那个恶棍充分的时间来和他交手较量，那怎么能说是"谋杀"呢！毕竟，他是个比他年轻的人。

这是一种不合时宜的想法，它只能更加剧他那阴郁的心绪；这是一种愤怒的想法，它怂恿着他去采取一种报复行动；他的这种行动将会把这一个愉快的家庭变成一处阴森的鬼域：夜间，孤独的旅人将会害怕从这儿路过；朦胧的月色下，胆怯的人们将会看见残缺不全的玻璃上映出的妖魔自相残杀的幢幢鬼影；风雨交加的天气里，人们将会听见鬼哭狼嚎般的声音。

他是个比他年轻的人！是的，是的；一定是个早已赢得了她的芳心——那颗他自己从来不曾触摸到的心——的情人；一定是个她早年选定的意中人。对他，她魂萦梦绕地眷念；对他，她望眼欲穿地期待；可是在那些日子里，他却总在想着多特生活在自己身边是多么幸福。唉，想到这一切是多么痛苦的折磨啊！

她一直在楼上哄着孩子，使他入睡。当约翰坐在炉前继续左思右想的时候，她悄悄走到他的身旁，并且把她的一只小凳放到他的脚边，可是约翰一点也没有察觉——巨大的不幸使他陷入极度的痛楚，他已经什么声音都听不见了。直到多特把手放到他的手上，他才如梦初醒，抬起头来，他看见了多特那正视着自己的面庞。

是带着惊奇的神色？不。那只是他最初的印象，因此他不得不再看了她一眼，以得出正确的结论。不，不是带着惊奇的神色。她脸上带着一种热切的、探询的表情，然而那并不是惊奇。开始,她的表情是惶恐而又严肃的;接着,她脸上显露出一种奇怪的、疯狂般的、令人害怕的微笑,似乎她已看透了他的心事;然后,她把两只握紧的手扣到额头上,低下头,让头发垂落着,约翰看不到她的面容了。

此刻,虽然约翰可以施用万能之神的一切威力来惩罚多特,可他连轻如鸿毛的一丝威力都没有动用来反对她,因为他的肺腑中充溢着善良慈悲的天性。然而,看着她那样蜷缩着坐在那张小凳上,约翰感到无法忍受;因为她过去坐在那儿时总显得那么天真纯洁,那样愉快,而他也总是那样满怀爱怜、满怀自豪地凝望着她。因此,当她站起身,一边走一边小声抽泣着离开他的时候,他感到,让他身边他许久以来一直珍爱着的她的身影成为一片空白,倒可以稍稍减轻一点他的愁苦。这情景本身却比其他任何东西都更加尖厉地刺痛了他的心:因为它使他想到自己将会是多么孤寂,使他想到他生活中那条重要的纽带如今已被无情地剪断了。

他越是这么想着,越是清楚地知道,现在他宁可看到她怀抱孩子在他面前倒下,早早结束她的一生;他越是这么想着,他心头对仇敌的愤怒也就越加高涨,越加强烈。他向前后左右望去,想找一件武器。

墙上挂着一支枪。他把它取了下来,向着

那不义的陌生人的卧室门口迈了两步。他知道这枪膛里装满了弹药。开枪,像对一头野兽一样地开枪打死他——一个幽深隐约的念头支配着他,而且在他脑海中不断膨胀着;终于这想法变成了一个完全占有了他的一个凶残无比的恶魔,它将他心中所有的温和宽容的思想驱赶一净,在那里建立起它的完整无缺的帝国。

那句话说错了。不是将他温和宽容的思想驱赶一净,而是狡诈地将它们改变了。把它们改变成刺激他、逼迫他去复仇的鞭笞;把水改变成血;把爱转变为恨;把温柔转变成盲目的狂暴。但是,她那哀婉卑微的形象却依然以不可抗拒的力量唤起他的柔情与怜悯,一刻也不曾离开他的脑海；然而，正因为它滞留不去，它促使他向门走去，把枪举到肩头，瞄准，并促使他鼓起勇气用手指扣住了扳机；然后，它叫道："开枪打死他！把他打死在床上！"

他把枪掉转过来，准备用枪托把那扇门砸开；他已经把枪举到半空中，突然，一种出自本能的意念出现在他的思绪中：为了上帝的缘故，还是向他大喝一声吧，好让他跳窗口逃跑——

这时，那仍在奋力挣扎着的火苗儿突然间闪射出一束光焰，它把整个壁炉映得通红；那只蟋蟀也开始随之唱了起来！

他听到的任何一种声音——人们的声音，

甚至她的声音——都不可能像这炉边蟋蟀的歌声这样地使他动情，使他温柔。她曾告诉过他，她爱这只蟋蟀；此时，她倾吐的那些朴实无华的话语，又回响在他的耳畔；她身子微微颤抖的、诚恳真挚的姿态，又重新浮现在他眼前；她那悦耳的声音——啊！在一个忠厚老实的人的家里，这在炉边奏响的乐曲是多么美妙动听啊！——一遍又一遍地震撼着他善良的天性，这声音要将他的天良唤醒，并给它以新生和活力。

他从门口那儿退了回来，样子很像是个梦游症患者从噩梦中突然醒来。他把枪放到一旁，两手托腮，然后又在火炉旁边坐了下来。他任凭泪水从眼眶里流淌下来,借以减轻他的痛楚。

这时,那只炉边蟋蟀在屋子里出现了,它像个小仙子似的若隐若现地站在他面前。

"'我爱这只蟋蟀,'"那小仙子说道,重复着那些他记忆犹新的话语,"'因为我听过它许许多多次的歌唱,因为它那友善的音乐总是使我思绪万千。'"

"她这么说过。"运货工叫道,"真的这么说过。"

"'这里是我的幸福的家,约翰;为此,我爱那只蟋蟀!'"

"这个家一直是幸福的,上帝知道。"运货工回答,"她总是使这个家幸福——到现在为止。"

"她是那么温柔敦厚,那么安分贤淑,那么愉快,那么辛劳而又随遇而安!"那声音说。

"否则,我决不会像过去那样地爱她。"运货工回答。那声音像是要纠正他的话,说:"像现在这样爱她。"

运货工重复了一句"像过去那样",可是他的语气已不很坚决了。他那支吾着的舌头开始不听使唤,它很想自发地将它想说的话一吐为快,为了它自己,同时也为了他。

小仙子像是祈祷似的举起手来,说:

"看在你自己的火炉的分上——"

"不过她已经让这炉子死灭了。"运货工插

嘴说。

"可是,她是怎样经常不断地使它燃放出幸福的光辉呀!"蟋蟀说,"这火炉,若不是因为她的缘故,只是几块砖石再加上几根锈迹斑斑的铁条;可是,因为有了她,它变成了你们家的圣坛。在这圣坛上,你度过了许多个夜晚,你摒除了某些卑微的情感、自私的欲念或是心事与烦恼,从而,你奉献出一颗宁静的心灵,一种诚朴的性情和豪放的胸襟。因此,从这个贫寒之家的烟囱里袅袅上升的烟,比点燃在世界上所有金碧辉煌的庙宇中最富丽的神龛前的最华贵的香火,都更加芬芳!在自己的火炉旁,在这安谧的圣地上,在火炉那感化人心、发人遐想的温馨的氛围中，听一听她的心声吧！听一听我的话语吧！听一听所有说着和你的火炉、你的家庭一样的语言的人和物的呼吁吧！"

"还得听一听他们为她所做的辩护吗？"运货工问。

"所有说着和你的火炉、你的家庭一样的语言的人和物都肯定会为她辩护。"蟋蟀回答，"因为他们诉说的是真理。"

在运货工双手托着下巴，继续坐在椅子上沉思默想的时候，那个精灵已站到他的身旁；它凭借着它的神通，使约翰回想起历历往事，并使它们像映在镜子里或是画在图片上一样，清晰地呈现在约翰眼前。这不是一个孤独无伴的精灵。你瞧,从那炉砖和烟囱里,从那只小钟、烟斗、水壶和摇篮里,从地板、墙壁、屋顶和楼梯里,从屋外的货车、屋里的橱柜和一切家具里,从那些她曾朝夕不离的、那些可以使她那苦闷的丈夫的脑海中总萦绕着对于她的记忆的每一处地方和每一样东西里,许许多多的小仙子蜂拥出现了。它们不像那只蟋蟀那样站在他身边,它们个个孜孜矻矻地忙碌着。它们竭尽全力向她的影像表示敬意。当那影像出现时,它们拉扯着他的衣角,用手指着它让他看。然后它们便围绕在她的左右,簇拥着她,在她将要踏过的路面上撒下花瓣儿。它们用它们的小手尝试着给她秀美的头颅戴上花冠,它们用这一切行动表明,它们喜欢她,它们爱戴她;而且,除了它们这些嬉戏欢舞、值得称颂的小仙子之外,其他任何一种丑陋的、邪恶的或是妄加责难的生灵都无权结识她。

他的思绪一直萦绕着她的幻影。她的形象也总在那儿徘徊不去。

她坐在炉前飞针走线,而且自个儿还小声地唱着。好一个欢欢乐乐、生气勃勃、从容不迫的小多特啊!突然之间,所有的小仙子不约而同地向他转过脸来,目不转睛地盯着他,仿佛在说:"难道这就是你正在为之悲痛的轻佻的妻子吗?"

这时他听到外面响起一阵喧闹的管弦乐声和人群的欢声笑语。一队寻欢作乐的年轻人拥进门来,其中有梅·费尔丁和二十来个美貌的少女。多特在她们中姿色最美,也像她们一样的年轻。他们上这儿来,邀请她去参加他们的舞会。如果有哪一双小脚生来就是为了跳舞的话,多特的脚真是当之无愧的。可是,她笑笑,摇了摇头,指了指炉子上她正在烹制的饭菜,以及她已经铺好的餐桌;她极其快乐地谢绝了邀请,她的神情显得比以往更加迷人。于是,她和颜悦色地把客人送走;当那些渴望着充当她的舞伴的小伙儿们走过她身边时,她带着一种滑稽的冷漠的态度向他们一一点头——她的这种神情足可以叫那些小伙儿们立即离开，甚至去投河自尽，如果他们是她的崇拜者的话；而他们肯定或多或少地曾经对她倾慕钟情，那是他们难以自制的。然而，冷漠绝不是她的天性。不，绝不！因为，即刻便有一个运货工出现在门前，她给予他多么热烈的欢迎啊！

突然之间，那些圆睁着眼睛的仙子们又一次一齐向他转过脸来，仿佛在说："难道这就是把你抛弃了的妻子吗？"

一个黑影落到那面镜子或那张图画上——随你怎么叫它都可以。那陌生人的巨大的阴影，像他最初走进他们家时那样伫立着，遮没了镜子或图画，把所有其他的形象都抹去了。但是，那些灵敏的小仙子们像蜜蜂一般辛勤地劳作着，它们把那阴影又擦掉了。于是，多特重新在那里出现，她依然是那样神采奕奕，美丽端庄。

多特缓缓地摇动着睡在摇篮中的孩子，柔声地对他唱着，并把她的头倚在那身旁站着蟋蟀仙子的、沉思的人的肩头上。

夜渐渐地深了——我说的是真正的夜，不是什么虚幻的钟所显示的夜。当运货工考虑到这会儿时，一轮明月已冲出云层，在天空放射出皎洁的光芒。此时，他的脑海里或许也升起了一束令人安谧平静的光焰，因此他已经可以更加理智地来思忖那业已发生的事情了。

虽然那陌生人的阴影还会时时投射到那面镜子上——它总是那么清晰、那么巨大、那么轮廓分明——但是，它已不再像开头那样幽深阴暗了。只要这阴影一出现，那些小仙子们便会异口同声地发出一阵惶恐的呼叫，然后便非常卖劲地活动起它们的小胳膊小腿，以一种敏捷得令人难以置信的动作把它擦掉。每当它们又一次把多特迎了回来，并且又一次把欢快而又美丽的多特送到他面前的时候，它们总要极其振奋人心地欢呼起来。

　　它们每每推现出来的多特的形象，总是那样美丽而又欢快的；因为它们是家宅的神灵，对它们，虚假是不能容许的。正因为如此，多特对于它们，除了是一个活泼的、容光焕发的、可亲可爱的小人儿，除了是运货工家里的光明和太阳，又能是什么呢？

当怀抱婴孩的多特出现的时候，小仙子们异常兴奋起来。多特同一帮上了年纪的贤明的主妇们坐在一起聊天，竭力装出一副年事已高、庄重安详的样子；她沉稳娴静地靠在丈夫的臂膀上，企图告诉人们——咳！她这个涉世未深的小女人家！——她已经摒弃了一切世俗的虚荣心，而且，怎样做母亲对于她来说再不是什么新鲜事了。然而，与此同时，她又在笑话着运货工那笨拙的举止，她为他拉扯好衬衣的衣领，让他显得更漂亮些，然后她便在这间屋子里快活地迈开娇小的舞步，拉起运货工的手教他跳起舞来！

当多特同那盲女一起出现的时候，小仙子们转过身，瞪大了眼睛望着他；因为，尽管她总是把欢乐和蓬勃的生气带到她所走到的每一个地方，但是，由于她的来临，凯里卜·普鲁默的家里更是充满、洋溢着这种气氛。盲女对她满怀着爱戴，满怀着信任，满怀着感激；她忙不迭地婉却贝莎的谢意；她机智巧妙地利用做客时的每一分钟，为这个家做一些有益的事情，她干得确实十分辛苦，而她却装得像是在度过一个愉快的假日；每次她都要带来丰盛的、美味的食品——小牛肉、火腿馅饼、啤酒等等；

她到来时走到门口那一刻以及告辞时,她的小脸蛋总是那样喜气洋洋;她用她那出自整个身心——从整洁的脚部到头顶——的奇异的表情说明,她完全成了这个家庭中的一分子,这个家需要她,这个家不能没有她……在所有这一切中,小仙子们狂欢着;也正由于这一切,它们热爱她。于是,它们再一次哀求似的注视着他,它们中有一些栖伏在她的衣裙上爱抚着她,仿佛在说:"难道这就是背叛了你的信任的妻子吗?"在这个漫长的、令运货工思绪万千的夜晚,它们一而再、再而三地使多特坐到她最喜欢坐的小凳上,她低着脑袋,手捂着额头,头发下垂着,约翰最后一次看到她时她就是这样。当它们发现她那样地坐在那儿时，它们便不再向他转过身来，不再向他瞥上一眼；它们紧紧地聚拢到她的身旁，安慰她，亲吻她，个个争先恐后地向她表示同情和关切；它们全然将他忘却了。

就这样，夜消逝了。月亮落了下去；星光变得黯淡了；寒冷的黎明来了；太阳冉冉升了起来。运货工依然坐在壁炉角上沉思着。他用手托着头，通宵达旦这么坐着。整整一夜，那只蟋蟀一直在炉边唧唧、唧唧、唧唧地叫着。整整一夜，他一直在倾听它的歌声。整整一夜，那些家宅的小仙子们一直在他四周活跃着。整整一夜，多特在那面镜子中的形象都是可亲可爱,无可指摘的,只有那个阴影出现的时候除外。

他站起身来时,天色已经大亮了。他洗漱完毕,并穿好了衣裳。他无法像平常那样愉快地开始自己的工作,他打不起精神来,但这并不要紧,因为这一天是泰克尔顿举行婚礼的日子,他已安排人代替他工作了。他曾想过要和多特一起欢欢喜喜地上教堂去。可如今,这样的计划只能破产了。此外,这一天也是他们自己的结婚纪念日。啊!他怎么也没有想到,这一年竟会有这样一个结局!

运货工寻思着,泰克尔顿会早早地过来看望他。果然他没有想错。他在自己房门前来回踱着，不出数分钟，他便看见那玩具商人乘坐的马车从大路上奔来。马车走到近处，他看到泰克尔顿为结婚而打扮得漂漂亮亮的，而且，他还在那匹马的头上装饰了许多鲜花和彩带。

和泰克尔顿比较起来，那匹马倒更像个新郎；泰克尔顿那只半闭半睁的眼睛带着一种比以往任何时候都更加令人讨厌的神色。但是运货工并没有注意到这点。他正想着其他事情。

"约翰·皮瑞宾格尔！"泰克尔顿吊丧似的说，"我的好人，今天早晨你感觉好吗？"

"我这一夜难过极了，泰克尔顿老爷，"运货工摇着头说，"因为我心里就像塞着一团乱麻。可现在一切都过去了！你能抽出半个来钟头,跟我私下谈谈吗?"

"我正是为了这个才来的呢。"泰克尔顿下了车,答道,"不用管这匹马了。只要把缰绳拴到这根柱子上,再请你给它上点草料,它会乖乖地站在这儿的。"

运货工从他的马厩里拿来草料放到马前,于是他俩便转身进屋去了。

"我说,你的婚礼不是在上午举行吧?"他说。

"不是。"泰克尔顿回答,"时间多着呢。时间多着呢。"

他俩走进厨房时,蒂里·斯洛博伊正在敲着那陌生人卧室的房门,这间屋子离厨房只有几步远。她的眼睛非常红肿（蒂里哭了整整一夜，因为她的女主人哭了），这会儿正把一只眼睛紧贴在钥匙孔上；她把门敲得很响，似乎有些恐惧。

"请你开开门，我这样敲，你总该听到了吧！"蒂里向四周围看着说道，"我希望，可别是有人跑了，可别是有人断了气儿，请你开开门吧！"

斯洛博伊小姐为了强调她这个大慈大悲的祝愿，便更加卖劲地对着门拳砸脚踢起来；但是，屋子里仍没有一点反应。

"要我去看看吗？"泰克尔顿说，"事情真是奇怪呢。"

运货工对着房门的脸转了过来,他向泰克尔顿做了一个手势,意思是说,如果他愿意去,就请便吧。

于是,泰克尔顿赶忙走上前去为蒂里·斯洛博伊救急。同样,他向着那扇门又是踢又是打,同样,他得不到一点回答。可是,他灵机一动,试着转动了一下门上的把手,于是那门便轻而易举地打开了。他探进头去窥视了一番,然后便走了进去,可不一会儿他又跑了出来。

"约翰·皮瑞宾格尔!"泰克尔顿咬着他的耳朵说,"我希望,夜里你们没干出什么鲁莽的事情吧。"

运货工猛地转过身。

"因为他已经无影无踪了！"泰克尔顿说，"窗子大开着。我看不到有什么痕迹，的确，那窗子差不多就同花园的地皮一般高低。不过我早就害怕你们俩会发生一场恶斗。嗯？"

他的那只表情丰富的眼睛差不多全都闭上了，而且他死命地盯着运货工。他极其剧烈地扭动了一下他的眼睛，他的脸庞和他的整个身子，好像他执意要把事情的真相从运货工身子里压榨出来一样。

"你放心吧，"运货工说，"他昨天晚上进了那房间，我既没有骂他，也没有动武；自那时起，再没有什么人进屋去过。他是自愿离去的。如果我能够改变过去发生的事情，能够使过去变得像他从没有上这儿来过一样，那么即使让我一辈子离开家，出去挨门挨户地乞讨，我也心甘情愿。但是，他毕竟来过了，然后又走了。我和他的交往也就到此结束了！"

"噢！——罢了，我觉得他可走得太轻松啰。"泰克尔顿说着，拉过一把椅子坐下。

运货工丝毫没有理会这句嘲讽的话，他也坐了下来。他用手捂着脸，过了片刻时光，才继续说起来。

"昨天晚上，你让我看到了——"他终于说，"我的妻子，我心爱的妻子秘密地——"

"而且是那般温柔地……"泰克尔顿暗中讥讽道。

"假装对那人的乔装改扮一无所知，并且给了他和她幽会的机会。我想，再没有什么能比这更叫我不忍目睹的景象了。我想，这世上我所不愿意遇到的人们中，再没有谁能胜过那个使我看见那景象的人了。"

"我得说，我一向对此有些怀疑。"泰克尔顿说，"我也知道，这便是我之所以在这儿不讨人欢喜的原因。"

"可是，既然你把事情指给我看了，"运货工没有理会他，继续说了下去，"你既然看见她，我的妻子，我心爱的妻子——"当他重复着这些话语的时候，他的声音，他的目光和他的手势表现得越来越沉着，越来越坚决：显然他在追随着一个坚定不移的目标,"既然你看见她处于这种不利的境况中,那么,对于这件事,你就应该以我的眼光来看,应该洞察我的心胸,了解我的想法,这样才合乎情理,这样才是公正的。因为我已经决定了,"运货工专注地凝视着他说,"而且,现在无论什么也不能使我动摇了。"

泰克尔顿小声嘟囔着表示赞同,并说什么有必要将事情辩个分明;可是对方的这种态度使他慑服了。运货工的举止神情朴实无华,其间却带着庄严与崇高的气度,这种气度只有蕴藏在人类中的那种具有宽宏大量的情操的灵魂才能表现出来。

"我是个平平常常的老粗,"运货工继续说,"很少有什么值得称道的地方。你知道得很清楚,我不是个精明人,也不是个年轻小伙儿。我爱我的多特,因为我是看着她在她父亲身边从一个孩子慢慢长大成人的;因为我知道她有多么可爱;因为多少年来她一直就是我的生命。有许多人,我无法和他们相比;但我想,他们绝不会像我那样地去爱我的小多特。"

他停住口,用脚轻轻拍踏着地板,过了一会儿,又继续说了下去:"我经常想,尽管我配不上她,可我一定要做个仁慈的丈夫;而且我也许会比别人更加珍惜她的好处。于是,我便有些心安理得了,并且开始想到我们的结合并不是不可能的。结果,希望实现了,我们真的结婚了。"

"哈!"泰克尔顿叫道,意味深长地摇着头。

"我考虑过自己,我有过亲身的经历;我知道我多么爱她,我明白我将会是多么幸福。"运货工继续说,"可是我没有——我现在才感到——没有充分地考虑她。"

"的确。"泰克尔顿说,"轻浮,放荡,负心薄情,喜欢奉承。没有考虑到!对这一切你简直熟视无睹。哼!"

"在你没有弄明白我的意思之前,你最好别打断我。"运货工说,口气中带着几分严厉,"你远远没有理解我的心思。如果说,昨天有谁敢说她一句坏话，我会一拳将他打倒在地，那么今天我就要在他脸上踹上一脚，哪怕这人是我的亲兄弟！"

玩具商惊讶地望着他。他用一种较为柔和一些的语调继续说了下去：

"在她那么年轻、那么美丽的时候，我娶了她，使她离开了她那些年轻的伙伴们，离开了那许多她所熟悉的地方，在那些场合，她光彩照人，就像一颗最明亮的小星星；于是，我把她关进我那毫无生气的家里，过了一天又一天，让她疲惫不堪地陪伴着我……对这一切，我可曾想到过吗？我可曾考虑过我对于她那活泼欢快的性情是多么不适宜，我这个迟钝呆板的人又一定会使她这个急性子感到厌倦烦恼吗？我可曾考虑到，每一个认识她的人都会对她产生爱慕之情，而我无才无貌，并没有权利爱上她吗？从来没有过。我只是利用了她那喜欢幻想的天性和开朗的脾气罢了，于是我娶了她。我后悔不该那么做！为她着想，而不是为我！"

玩具商眼睛一眨不眨地盯着他，连他那只半闭的眼睛也睁开了。

"愿上帝赐福给她吧！"运货工说，"她总是显得那么喜气洋洋，为的是不使我发觉这些！愿上帝也帮助我吧，我这该死的木头脑袋，我从前竟没有察觉这一切。可怜的孩子！可怜的多特！人们谈到我们的婚姻的时候，我曾经看见她的眼睛里充满了泪水，可是我没有发觉这一切！我曾经看见她的嘴唇暗自颤抖过许多回，可是直到昨天晚上，我始终没有怀疑过这些！可怜的女孩！我竟然希望她会爱我！我竟然相信她是在爱我！"

"她是故意装出爱你的样子。"泰克尔顿说，"正是因为她姿态过高，实话对你说吧，才使我对这一切产生了疑虑。"

说到这里，他便提起梅·费尔丁比别人出色的地方，她当然从不装出喜欢他的样子。

"她努力过，"可怜的运货工比以往任何时候都更加激动地说，"直到现在我才开始明白，她曾经是那么艰难地努力着来给我做一个贤惠而热情的妻子。她一向是那么善良；她做的事情是那么繁多；她有着一颗多么勇敢、多么刚强的心灵啊！让我在这小屋里经历过的所有幸福做见证吧！当我孤单单在这里时，它会给我帮助，给我安慰的。"

"孤单单在这里？"泰克尔顿说，"噢！那么你真的打算认真处理这件事情了？"

"我打算，"运货工回答，"尽我的力量，最真诚地帮助她，并使她得到最好的补偿。我可以将她从一场不相匹配的婚姻所带给她的每天每日的痛苦之中、将她从艰难地掩饰这种痛苦的困境之中解救出来。我将尽我的力量使她得到自由。"

"让她得到补偿!"泰克尔顿惊叫起来,两手使劲拧着他的大耳朵,"这儿一定是出了什么岔子了。当然,你没有把事情说出来。"

运货工猛地抓住玩具商的衣领,然后像摇一根芦秆似的晃动着他的身子。

"听我说!"他说,"留神别把我的话听错了!听我说,我是不是讲得很清楚了?"

"的确很清楚。"泰克尔顿回答。

"和我的本意一模一样?"

"的的确确和你的本意一样。"

"昨晚,我在火炉边坐了整整一宿。"运货工高声说,"就在那个她时常坐在我身边、用她那美丽的脸庞对着我望的地方。我回想起她一天一天的全部生活,我感觉到她的每一个可亲可爱的举动都在我眼前经过。天地良心,她是无辜的,假如真有什么神灵来判断有罪无罪的话。"

啊,坚贞的炉边蟋蟀!忠诚的家宅之神!

"我已经不再恼怒,不再疑虑了!"运货工说,"只有悲哀,只有悲哀仍印刻在我的心上。在这不幸的时刻,她的一个旧日的情人——一个比我更适合她的情趣和年龄的,而且也许正是因为我才被她违心地回绝的情人——回来了;在这不幸的时刻,她大吃一惊,甚至来不及想一想应该怎么办,于是她便遮掩了事情的真相，成了他炮制那场骗局的同伙。昨夜，正如我们亲眼所见，她去看了他。那是不对的，但是，除此之外，她是无辜的，如果这世界上还有真理可言！"

"如果，你的想法是这样——"泰克尔顿开口说道。

"所以，让她去吧！"运货工接着说，"去吧，带着我的祝福，因为她曾给了我许多快乐的时光；去吧，也带上我的宽恕，不管她曾经给了我怎样的痛苦。让她去吧，我愿她心绪安宁！她将永远不会恨我。当我不再拖累着她的时候，当我缠绕在她身上的锁链变得较为轻松一些的时候，她将会更加喜欢我。今天，正是我没有对她的幸福多加考虑就从她家里把她娶过来的日子；今天，她就将回家去；我不会再给她添什么麻烦了。她的父母亲今天就要到这儿来，我们计划好要聚一聚，他们便可以将她领回去。在那儿，或是在别的什么地方，我都相信她。她毫无过错地离开了我，今后她也将毫无过错地生活下去，我肯定。万一我死了——大概，在她还十分年轻的时候我便会死去；在这几小时里我已经失去了一些活下去的勇气了——她将会发现，我一直在思念着她，一直在爱着她，直到生命的最后一刻！这就是昨天夜里你指给我看的那件事的收场。现在，一切都结束了。"

"噢，不，约翰，并没有结束。可别说一

切都已结束了吧!还没有呢,我已经听到了你那番高尚的话语。你那深沉的感情令我感动,我不能装着对此不可理解而悄悄地离去。在钟没有再敲响之前,别说事情已经结束了吧!"

在泰克尔顿进屋后不久,多特便也走了进来,而且一直站在那里。她始终没有对泰克尔顿看上一眼,而是目不转睛地望着她的丈夫。她没有走近他,而且尽量与他拉开一段距离;尽管她说话时的神情仍是那么热情真挚,可是即便是在那时,她也没有走近他。这与往日的她是多么迥然不同啊!

"没有人能够再造出一只钟来,为我重新敲响那逝去的时光了。"运货工苦笑着说,"但是，随它去吧，如果你愿意那样说的话。亲爱的，马上要到钟点了。我们谈了些什么倒无关紧要。哪怕遇上更加倒霉的事儿，我也会设法让你高兴的。"

"那好吧！"泰克尔顿喃喃地说，"我得走了，因为当钟再敲响时，我必须动身去教堂了。再见，约翰·皮瑞宾格尔。你不能光临，我真遗憾。对于你的损失和这个不幸的时刻，我深表遗憾！"

"我的话说得很明白了吗？"运货工送客人到门口，说道。

"噢，明白极了！"

"你会记住我所说的这番话吗？"

"嗯，如果你一定要我发表意见的话，"泰克尔顿小心翼翼地坐进马车，然后说，"我只能说这一切简直太出人意料，因此我是根本不会把它忘掉的。"

"那将会对我们两人都大有好处。"运货工回答，"再见，我祝你快乐！"

"可惜我不能这么祝福你了。"泰克尔顿说，"谢谢你！跟你说句贴心话吧（嗯，从前我对你说过的吧？），我想在我婚后的生活中，我不会不快活的，因为梅从没有对我管头管脚，也没有表现得那样过分亲昵。再见了！你多保重！"

运货工站在那儿目送他离去，直到远处他

的身影变成比马儿在近处时它头上的花朵和彩球还小的一个模糊的黑点。然后,他深深叹了一口气,像个心神不宁、失魂落魄的人那样在附近的榆树林中踽踽独行;他不想回屋里去,直到那钟快要敲响的时候。

他那娇小的妻子孤零零地被留在屋子里,她可怜地呜咽着。可不时她又擦干眼泪,抑制住自己的感情,说他有多么善良,多么忠厚!有一两次,她还笑了起来,她笑得那么欢畅,那么忘形,却又是那么断断续续(一边始终在哭泣着),这可把蒂里给吓坏了。

"噢,求求你,别这样!"蒂里说,"这可要吓死宝宝的呀,为此,请你别……"

"蒂里,你能时常带孩子来看看他的父亲吗?"女主人一边擦拭着眼睛,一边问道,"在我不能住在这里,回到我老家的时候?"

"噢,求求你,千万别这么说!"蒂里叫道。她的头向后仰着,开始哭号起来;此刻,她的模样非常像波瑟,"噢,请你别这样!噢,这是谁造下的孽哟,这样地跟人家过不去呀!噢!呜—呜—呜!"

软心肠的斯洛博伊在这时把声音拖成这样一种凄惨的哭嚎:每当她长久地抑制住自己之后,那号啕便一阵比一阵更加尖厉;因此,若不是在这时候她看见凯里卜·普鲁默领着女儿走进门来,她的的确确会把孩子吵醒,甚至把他吓成重病，比方说抽风什么的。客人的光临使她找回了一种顾全礼节的感觉，于是，她先是张大了嘴巴一声不吭地站了一会儿，然后赶忙跑到孩子熟睡着的那张床前，在地板上跳出一种怪诞的圣维特斯①似的舞步，同时她又把脸和头埋进床单里，显然从这一系列不同寻常的举动中得到了许多安慰。

"玛丽！"贝莎说，"没有去参加婚礼！"

"我告诉她你不会上那儿去的，太太。"凯里卜小声说，"昨天夜里我都听到了。但是愿上帝保佑你！"这瘦小的人亲切地握住她的双

---

① 圣维特斯，早期罗马天主教圣徒。欧洲某些地方，曾有在他像前跳舞，以求平安的风俗。

手说,"鬼才留心他们讲了些什么。我不相信他们。我个人是微不足道的,但是如果我相信了他们说你的坏话中的哪怕是一句话,就让我这贫贱的身躯被扯个粉碎吧!"

他伸出双臂,搂住她的脖子,拥抱着她,就像一个孩子抱着他的布娃娃。

"贝莎今天早上在家里待不住了。"凯里卜说,"我知道,她害怕听见教堂的钟声,他们结婚时,她如果在他们身边,她会承受不住的。于是,我们便早早动身来到这里。我一直在考虑着我一向所做的那些事。"他停顿片刻,然后继续说起来,"为了我给她造成的精神上的痛苦,我在不断地责备着自己,我真不知道该怎么办才好。现在我终于决定了，如果你能陪我一会儿的话，太太，我最好还是把事情真相告诉她吧。你能陪我待一会儿吗？"他问道，浑身上下不住地颤抖着，"我不知道这在她身上会产生怎样的影响；我不知道她将会怎样地看待我；我不知道从今以后她是否还会爱她的可怜的父亲。但是，最好别让她继续受蒙骗了，我必须承担我应得的那些恶果！"

"玛丽！"贝莎说，"你的手在哪儿呀？噢，在这儿，在这儿。"她微笑着把那手贴到自己嘴唇上，然后又拉着它挽住自己的手臂，"昨天夜里，我听见他们暗自低声地议论着你的什么过错。他们错了。"

运货工的妻子沉默着。凯里卜代替她回答了一句。

"他们错了。"他说。

"那我知道。"贝莎骄傲地说,"我就是这么对他们说的。那种话,我一句也不屑听!哼!责备她的不是!"她把玛丽的手紧紧握在自己手中,并把自己柔软的脸颊贴到玛丽的脸上,"不!我的眼睛还没有瞎到那种程度!"

这时,她父亲走到她的身边,多特则握着她的手,坐在另一边。

"我了解你们大伙儿,"贝莎说,"比你们想象的更加了解。但是,我了解她,胜过了解你们所有的人,甚至包括您,父亲。在我的周围,没有谁能像她那么真挚,那么诚恳了。假如在这一刻我能够恢复视力,不用任何人说上一句话,我一眼就能从人群中把她认出来。她简直就是我的亲姐姐!"

"贝莎,我亲爱的!"凯里卜说,"我有些心里话要对你说,这会儿就我们三个在这里,让我把它们说出来吧。请听我说!我要向你忏悔,亲爱的!"

"忏悔,父亲?"

"我背离了真诚,迷失了道路,我的孩子。"凯里卜说,他惘然若失的脸上带着一种令人哀怜的表情,"我背离了真诚,我的本意是要对你表示出仁爱;可结果我是太残酷了。"

"残酷!"她朝着他转过她那张大惊失色的脸儿,重复说。

"他把自己责备得太过火儿了,贝莎。"多特说,"马上你就会这么说了,你会是对他说这话的第一个人。"

"他对我残酷!"贝莎高声叫道,微笑着表示难以置信。

"孩子,我并不是存心那样。"凯里卜说,"可是我确实一直是残酷的,尽管我从前从没有想到过这点,直到昨天晚上。我亲爱的瞎了眼睛的女儿啊,听我说,同时也饶恕我吧!你所生活的那个世界,我的心肝,那个我描绘出来的世界,是根本不存在的。你一向信赖的那双眼睛欺骗了你！"

她惊愕不已的脸庞依然对着他，身子却向后退去，紧紧地靠在她的朋友的身上。

"你的生活道路是坎坷艰难的，我可怜的孩子。"凯里卜说，"因此，我曾有意将它铺平。为了使你更快乐些，我改变了许多东西的面目，改变了人们的性情，无中生有地编造出各种各样的事物来！我把真相向你隐瞒着，我一直在欺骗你，上帝饶恕我吧！是我使你生活在这个虚幻的世界中。"

"可是，活生生的人怎么是虚幻的东西呢？"她气喘吁吁地说，脸色变得惨白，身子更加朝后退缩，"你是无法改变他们的呀。"

"我确实把他们也改变了,贝莎。"凯里卜恳切地说,"有一个人,你是知道的,孩子——"

"噢,父亲!你怎么能说我知道呢?"她以一种尖厉的责备的语调答道,"我能知道什么,我又能知道谁呢?我,没有人为我指点!我,这么可悲地瞎了眼睛!"

她痛苦万状地伸出双手,仿佛在摸索她的道路。然后,她悲痛欲绝,万念俱灰地用手捂住自己的脸。

"今天要举行婚礼的,"凯里卜说,"是个严酷无情,尖酸刻薄的人。多少年来,他一直是你我的一个苛刻的主人,亲爱的。他的外貌,他的性情都丑陋无比,他总是像铁石一般的冷酷。他的一切与我向你描述的都迥然不同，我的孩子，一切的一切。"

"啊！"盲女哀叹道，这痛苦的折磨似乎已使她不可忍受了，"可你，你为什么要这么做呢！你为什么要在我的心上充塞进这么多美好的事物，然后却又像死神来临一样，把我心爱的一切全都剥夺掉呢！啊，天哪，我的眼睛真是瞎啊！我是多么无依无靠，多么孤苦伶仃啊！"

她那痛苦的父亲垂着头，一言不发，深深沉浸在悔恨和哀伤之中。

同样，她也陷于悲戚之中，但片刻之后，那只炉边蟋蟀又开始唧唧地叫了起来；除了她，谁也没有听见这声音。它不是那么欢畅了，而是用一种低沉的，轻微的，哀愁的声音唱着。这声音是那么凄凉，她止不住泪水簌簌流淌；而当那一整夜都在运货工身边的精灵在她背后出现，并且指点着她的父亲的时候，她的眼泪便更像是雨水一样地洒落下来了。

不久，她就更加真切地听到那蟋蟀的声音了；而且，尽管她双目失明，她还清楚地知道，此刻那精灵正徘徊在她父亲的身边。

"玛丽，"盲女说，"请你告诉我，我的家是个什么样子，我要知道它真实的模样。"

"它是一个很穷的家，贝莎；真的，贫穷得一无所有。来年冬天，那房子怕是很难挡风避雨了。"多特继续说着,她的声音低沉但很清晰,"它千疮百孔,难抵风寒,正如你可怜的父亲身上穿的那件口袋布大衣一样。"

盲女非常激动地站起身来,拉着运货工那娇小的妻子走到一旁。

"那些我无比珍惜的礼物,那些几乎总是随着我的心愿出现的,而且又是那么叫我欢喜的礼物,"她颤抖着说,"是从哪儿来的?是你送来的吗?"

"不是。"

"那么是谁送来的呢?"

多特看得出她已经明白了,因此便沉默着。盲女再一次用双手捂住自己的脸,可是这时她的神态已大不相同了。

"亲爱的玛丽,陪着我再待一会儿!再待一会儿!就这样,轻轻跟我说些话。我知道你是诚实的。现在你不会欺骗我了,是吗?"

"不会了,贝莎,的确不会了!"

"是的,我深信你不会。你是那样的怜悯我。玛丽,请看一看屋子的那边,我们刚才在那儿的地方,看一看我的父亲——对我满怀同情和慈爱的父亲——现在站着的地方,请你告诉我,你看见了些什么。"

"我看见,"多特很理解她的心情,说,"一个老人坐在椅子里,忧伤地靠在椅背上,一手撑着脸,就好像他的孩子应该来安慰他,贝莎。"

"是的,是的,她要来安慰他。说下去吧。"

"他已经很老了,忧虑和劳作弄得他心力交瘁。他是个瘦骨嶙峋的老人,神色悒悒不乐,像是有满腹心事,他的头发已经全部灰白了。这会儿,我看见他垂头丧气地弓着腰,显得心灰意懒。但是,贝莎,过去我曾多少次地看到他,为着一个伟大的神圣的目标而做出种种不屈不挠的努力。为此,我敬重他那满头银发,并且为他祝福!"

突然,盲女从她身边跑开,跪倒在他的面前,她捧起他灰白色的头,让它紧贴着自己的胸口。

"我的眼睛复明了,这就是我的眼睛!"

她叫道,"我一向是个瞎子,可是现在,我的眼睛睁开了。过去我根本不了解他!想想吧,我有可能会就这样死去,却没有真正了解始终那么爱我的父亲,那该是多么令人伤心啊!"

没有任何语言能够表述凯里卜那起伏的心潮。

"在这个世界上,"盲女拥抱着他,大声说道,"再没有哪个高贵的人能与他相比,能让我那样深情、那样全心全意地去珍爱了!父亲,您的头发越是花白,您越是苍老憔悴,您对于我也就越是亲切!别让人再说我是瞎子了。在我向上帝祈祷感恩的时候,我不会忘记他脸上的每一条皱纹,不会忘记他头上的每一丝银发!"

凯里卜好不容易才说了一句："我的贝莎!"

"在茫茫黑暗之中，"女孩一边流着由衷怜爱的热泪，一边抚摸着他说，"我竟相信了他不是这样可怜的!他一天天地在我身边，无微不至地疼爱着我，而我就是做梦也没有想到这一切啊!"

"那个身穿蓝色外衣的仪表堂堂的父亲，贝莎，"可怜的凯里卜说，"已经一去不复返了。"

"没有任何东西一去不复返。"她回答，"最亲爱的父亲，没有!一切都在这儿——在您的身上。我深深爱戴着的父亲，我从没有充分深切地爱过、也未曾真正了解的父亲;因为他对我万般体贴同情,我生来就敬重爱戴这一位恩人……一切都在这儿,在您身上。对于我,没有什么是逝去了的。对我最亲切的那一切东西的灵魂就在这儿,在您饱经风霜的脸上,在您斑白的头上。我的眼睛不再是看不见的了,父亲!"

当她讲着这番话的时候,多特一直全神贯注地望着这父女俩;但是,此时,当她瞧见摩尔宫前的草场上的那个割草匠并意识到那钟在几分钟之内便要敲响的时候,她立即陷入了一种焦躁不安的兴奋状态之中。

"父亲,"贝莎迟迟疑疑地说,"玛丽。"

"啊,亲爱的,"凯里卜答道,"她在这儿呢。"

"在她身上,我想一定不会有什么变化吧。您告诉我的有关她的事情中,不会有什么不真实的情况吧?"

"如果我能够把她改变得更美好些的话,"凯里卜回答,"亲爱的,恐怕我会那么去做的。可是,如果说我的话改变了她的形象,那一定是把她给说糟了。贝莎,她是十全十美的呀!"

盲女在发问时本来就充满自信,她得到的答复更使她欢欣鼓舞和自豪,她情不自禁地又紧紧拥抱住多特,这番情景看了真是叫人喜欢。

"可是,更多的你意料不到的变化真的可能发生呢,亲爱的。"多特说,"我是说,向更好的方面变化,这变化会使我们中间的某些人得到极大的快乐。如果那样的事情一旦发生并震动了你,你一定不要过于惊讶。那是路上的车轮声吗?贝莎,你的耳朵一向很灵,是车轮声吗?"

"不错,走得挺急呢。"

"我、我、我知道你的耳朵很灵敏,"多特说。她将手捂住胸口,尽量快地一口气说下去,显然是要掩饰她那颗心的剧烈的跳动,"因为我经常注意到这点,因为昨晚你是那么迅速地察觉到那个陌生人的脚步声。尽管我不知道你为什么会说,贝莎,我清清楚楚地记得你是说了'这是谁的脚步声',我不知道你为什么会对那人的脚步声特别留意，胜过你对其他任何脚步声的关心；可是，正如我刚才说过的，这世界上随时可能发生重大的变化，重大的变化；我们所能做的一切，只是做好准备，不致因为任何一点小事而大惊小怪罢了。"

凯里卜吃不透她说这话是什么意思，只是觉得她的话既是对他女儿，也是对他自己而说的。他吃惊地看到，她是那么坐立不安，那么受着折磨，她几乎喘不过气来；她扶住一把椅子，才使自己不致倒下地去。

"真是车轮声！"她上气不接下气地说，"走近了，更近了！到啦！现在你们听，车在花园门口停了下来！现在你们再听，门外有脚步声了——和昨天晚上一样的脚步声,贝莎,是不是!——现在,好!"

她欣喜若狂地发出一声尖叫,跑到凯里卜身后,用手蒙住他的眼睛;这时,一个小伙子冲进屋子,随手把帽子抛到空中,一阵风似的跑到众人跟前。

"事情成功了?"多特问。

"是的。"

"圆满成功了?"

"是的!"

"你还记得这声音吗?亲爱的凯里卜,你从前可曾听到过这声音吗?"多特高声问道。

"如果,我那个在黄金遍地的南美洲的孩

子还活着的话——"凯里卜周身颤抖着说。

"他确实还活着!"多特尖声喊道。她挪开捂着凯里卜眼睛的双手,然后兴高采烈地使劲拍着手,"看看他吧!瞧,他就站在你眼前,又健康,又结实!这就是你的亲儿子!贝莎,这就是你活生生的、爱你的哥哥呀!"

因为她的那种狂喜,让我们向这娇小的妇人表示我们全部的敬意吧!当那一家三口抱成一团时,她止不住喜泪纵横而又笑逐颜开,让我们因此向她表示敬意吧!同时,让我们也为她那奔放开朗的感情向她致敬吧——她听凭那皮肤晒得黝黑的、长着一头飘逸的乌发的水手尽情亲吻她,一刻也不曾将她那玫瑰色的小嘴移开,而且任他将自己紧贴到他那起伏的胸膛上!

让我们也向那只布谷鸟致意吧!——为什么不呢?——它从摩尔宫的那扇小门里像个窃贼似的跳出来,然后向着这围聚在一起的人们发出十二声打嗝似的怪叫,好像它自己也因为高兴而变得醉醺醺的了。

运货工刚一进门便吃惊地向后退去,看到这宾朋满座、欢聚一堂的情景,他是很有理由大为惊讶的。

"嘿,约翰!"凯里卜喜气洋洋地说,"往这儿瞧!我的亲儿子,从黄金遍地的南美洲回来了!我的亲生儿子啊!不就是你,亲手为他打点行装，而且送他上路的吗？从前，你不一直是他的一个好朋友吗？"

运货工上前握住他的手；可是，当那人的容貌使他回想起车上的那个聋老头儿的时候，他向后退了退说："爱德华！那人就是你？"

"现在，把一切都告诉他吧。"多特叫了起来，"把一切都告诉他，爱德华，也不必绕过我，因为在他看来，再没有什么事情能叫我饶恕我自己了。"

"我就是那个人。"爱德华说。

"那么说，你竟然化了装，偷偷混进你老朋友的家啰？"运货工说，"从前的那个堂堂正正的小伙儿——那是多少年之前的事了，凯里卜,我们听说他死了,我们想事情已经被证实了,对吗?——是绝不会干出这种勾当的。"

"从前,我曾有过一个宽宏大量的朋友,不,他对于我与其说是朋友,不如说是父亲,"爱德华说,"他是绝不会不容别人分说而对我、对任何人妄下结论的。你就是那个人。因此我肯定,现在你会愿意听我慢慢说的。"

运货工那困惑的目光移到依然站得远远的多特身上,回答说:"也罢,这话倒在理,我听你说。"

"你一定知道,当我还是个孩子,离开这儿的时候,"爱德华说,"我就爱上了一个人,这人也同样爱上了我。那时她还是个年轻的小姑娘,也许(你可能对我这么说)还缺乏主见。但是,我知道我的心思;我狂热地爱恋着她。"

"你爱恋着她!"运货工惊叫起来,"你!"

"确实如此!"那人回答,"而且她同样对我情意绵绵。打那以后我一直相信她对我的爱情;现在我对这点更是毫无疑义了。"

"上帝保佑我!"运货工说,"这真是糟糕透顶的事了。"

"我对她的感情始终不渝,"爱德华说,"因此我满怀热望,历尽千辛万苦,回来履行我们昔日的海誓山盟;可是在二十里路外,我听说她背弃了我,忘记了我,并且已把她自己许配给了一个比我更加富有的男人了。我无意责备她，但是我渴望看上她一眼，并且去证实这一切都是千真万确的事实。我希望她是被迫才改变初衷，违心地接受这样的婚姻的。我想，这对于我诚然毫无帮助，但多少也总是一个小小的安慰。于是我来了。为了掌握真实情况，千真万确的真实情况，我想无拘无束地亲自观察，然后亲自作出判断，一方面不受到任何人的妨碍，另一方面也不致将我的影响（如果我还有一些影响的话）强加于她，所以，我便将自己打扮得面目全非——你知道我是怎么打扮的——然后在大路口等候——你知道在什么地方。你一点也没有怀疑我，她也一样——"他指了指多特，"直到在火炉边我对她窃窃私语时，她才知道是我，而她险些就要泄露了我的天机。"

"但是，当她知道爱德华还活着而且已经回到家乡的时候，"多特抽泣着说。现在她开始为自己说话了，在爱德华说那一席话的时候，她一直迫不及待地想开腔，"当她知道了他的目的的时候，她告诫他无论如何要严守秘密；因为他的老朋友约翰·皮瑞宾格尔的性情是过于直爽了。他遇事总缺个心眼儿，而且他本身又是那么个大大咧咧的人，"多特半是哭半是笑地说，"是很难替爱德华守住这个秘密的。于是她——就是我，约翰——"小妇人仍在抽泣着，"便把事情告诉了他，对他说他的情人是怎样地相信了他是死了,她是怎样地经不住她母亲的软磨硬泡,最终答应了那桩被那愚蠢而可笑的老太婆称为有利可图的婚事;接着她——还是我,约翰——又告诉他,他俩还未成婚(虽然时间已经迫近);如果事情真成了,那只是一种牺牲,因为在梅这方面,是毫无爱情可言的;他听到这儿,快活得几乎要疯了;于是她——又是我,约翰——说她愿意为他们牵线,就像她过去经常做的那样,约翰,而且要试探试探他的情人,好确实知道她——还是我,约翰——所说的和所想的到底对不对。果真不错,约翰!于是,他俩团圆了,约翰!而且,他俩结婚了,约翰,就在一小时之前!瞧,这就是新娘吗！格拉夫·泰克尔顿可能到死也只能是个光棍了！我真痛快极了，梅，上帝保佑你！"

多特本来就是个叫人无法不喜欢的小妇人，如果这么说得体的话；现在她那乐不可支的神采可就比以往任何时候都更加动人了；她向自己，也向新娘表示的那些祝贺也比以往任何时候都更加妙趣无穷而又惹人喜爱。

诚实的运货工此时心潮难平，他站在那儿，简直呆了。过了一会儿，他才缓过劲来，飞奔着向多特扑去，可是多特却伸出手拦住了他，使他退回到原来的地方。

"不，约翰，别这样！听我讲完。先别来

爱抚我，约翰，直到你听我把话讲完。把一件秘密事向你隐瞒着，是不对的，约翰。我非常对不起你。昨晚，在我走到你身边，在那小凳上挨着你坐下之前，我一直没有想到这样做有什么不好；但是，当我看到你那脸色，知道你已看见我和爱德华曾经在厅道里会面并知道了你在想些什么的时候，我才感到那是多么轻率，多么不应该啊！可是，噢，亲爱的，约翰，你，你怎么会那么去想哟！"

小妇人哭得更凄惨了！约翰·皮瑞宾格尔想上前将她搂在怀里，可是不成，她不让他那么做。

"先别来爱抚我，请你别，约翰！还要等

好久呢！我为那件拟定好的婚事而担忧，是因为我记得梅和爱德华是那么年轻的一对儿，而且我知道梅的心是远离泰克尔顿的。现在你相信这些了吧，是吗，约翰？"

约翰心头一热，又要冲上前去，可她再一次制止了他。

"不，请站在那儿，约翰！有时，我爱笑话你，说你粗笨，管你叫可爱的老鹅，还给你起了一些诸如此类的诨号，那只是因为我是那样深深地爱着你；你的为人，你的举止，你的一切都是那样叫我喜欢，我不愿意看到你有一丝一毫的变化，哪怕由此你明天就能当上国王。"

"哈哈！"凯里卜叫道，他精神抖擞，与平日判若两人，"这话正合我的意思！"

"另外，当我谈论起那些沉稳的中年人，约翰，并且假装着说我们只是那么单调的索然无味的一对老夫少妻的时候，那只是因为，我是这样一个愚蠢的小东西，约翰，有时我喜欢耍点孩子气的小把戏，并且装得像那么一回事儿似的。"

她见他又要冲了过来，于是便又挡住了他。可是她差一点就来不及拦住他了。

"别，别来亲我，请你再等上那么一两分钟吧，约翰！我最想对你说的话，我把它们留到最后才说。我亲爱的、善良的、宽宏大量的约翰啊，那天晚上在我们俩谈起那只蟋蟀时，我话到嘴边却没能讲出来：真的，起初我并不像我现在这样热切地爱你，而且，当我第一次来到这个家的时候，我忐忑不安，担心我无法做到像我希望、我祈祷的那样来爱你——那时，我可真还是个孩子，约翰！可是，亲爱的约翰，以后我一天比一天更加深切地爱你了。如果说，我爱你还可以比现在爱得更深切、更热烈的话，今天早晨我听到的你说的那些高尚的话语，便能够使我做到这点。可惜我不能了。因为我早已把我所有的爱（这爱是非常深厚的，约翰），全部奉献给了你。对这爱你是受之无愧的，我对你的爱是毫无保留的！来吧，我亲爱的丈夫，现在再把我抱进你的怀里去吧！这里就是我的家，约翰；并且永远，永远也不要瞎想把我送到别的什么地方去了！"

如果你看到多特扑入运货工怀抱里的情景，你一定会得到许多的欢愉——而假若这个容光焕发的娇小的妇人是被抱在另一个什么人的臂膀里，你永远也不会得到这样的感受。他俩表现出的，是你一生中所能见到的最完美、最纯洁、最炽烈的真挚情感。

你可以确信，运货工此时是喜悦到了极点了；你可以确信，多特也是如此；你还可以确信，他们所有的人都是如此，当然也包括斯洛博伊小姐——她欢喜得哭叫个不停；为了使她照看的那孩子也加入这相互致贺的人们中,她让大伙儿挨个把这孩子传来递去,就好像他是一杯什么可口的饮料。

可是这时门外又响起了车轮声;接着便有人叫了一声"格拉夫·泰克尔顿来啦"。于是,那位可尊敬的老爷疾步走进门来,他情绪激动,惊慌失措。

"哎,真是见了鬼了,约翰·皮瑞宾格尔!"泰克尔顿说,"一定出了什么差错了。我与泰克尔顿太太约好在教堂会面,可我敢发誓,我一定是在半道上和她走岔了,她往这儿来了。哟,她果真在此。请您原谅,先生;可惜,我还没能认识您;但请您一定帮助我,把这位年轻的女郎放开吧；今天上午她有个非同寻常的约会呢！"

"可我不能放她走，"爱德华回答，"甚至连想都不能想。"

"你这是什么意思，你这无赖！"

"我的意思是，"爱德华面带笑容，回答说，"我可以原谅你的恼火；既然昨晚我可以对任何人的话都充耳不闻，装聋作哑，那么，今天早晨我也可以做到对辱骂不加理会。"

泰克尔顿瞠目结舌，死死盯着爱德华看。

"很对不起，先生。"爱德华托起梅的左手，特别显露出那无名指，说，"这位年轻的小姐不能陪您到教堂去了；但今天早晨她已到那儿去了一次，也许，您会原谅她的。"

泰克尔顿狠狠盯着那无名指看了一眼，然后从他背心口袋中掏出一个银白色的小纸包儿，显然那里面是一枚戒指。

"斯洛博伊小姐，"泰克尔顿说，"你行行好，帮我把这扔到火里去好吗？多谢了。"

"这是从前就订下的一门婚事——很早以前的事了——因此我告诉你，我妻子无法履行与你订下的那个约会了。"

"泰克尔顿先生应该说句公道话，应该承认我曾诚实地把这件事告诉了他，而且我曾不止一次地告诉他，我是永远不会忘记这事的。"梅羞红着脸说道。

"唔,确有其事。"泰克尔顿说,"唔,没错,的确,很正确。爱德华·普鲁默太太,我叫得不错吧?"

"正是这个名字。"新郎回答说。

"啊!我真不该认识你,先生。"泰克尔顿说,他仔细察看着他的脸,然后深深地鞠了一躬,"我祝你快乐,先生!"

"谢谢你。"

"皮瑞宾格尔太太!"泰克尔顿突然转过身来,面对着多特和她的丈夫,说,"真对不起!你并没有帮我什么大忙,但是,说句实在话,我对不起你,你比我想的要好得多;约翰·皮瑞宾格尔,我也对不起你。你明白我的话,这就够了。事情倒是应该如此的,各位女士们,先生们,这样的结局可真是皆大欢喜呢。再见啦!"

说完这番话后,他像是满不在乎地走了出去,在门口停了一会儿,从马头上把那些彩球和鲜花解了下来,然后在那畜生的肋骨上猛踢一脚,好像要告诉它,他的事情出毛病了。

当然,为了纪念这一系列事情并且使它们永远地记录在皮瑞宾格尔的日历上,举行一次盛宴、像过节一样地快活一下是理所应当的。于是,多特忙开了,她准备的这个庆典将给这户人家以及所有与之有关的人们带来不可磨灭的光辉。不多会儿,她把双手以至她那带着小窝的肘部都伸进面粉里,每当运货工走近她时,她总要拦住他亲吻他一下,这下子那运货工的外套也就被弄得白花花的了。这善良的汉子洗青菜、削萝卜,一会儿打碎个盘子盆子,一会儿把火炉上盛满凉水的铁壶弄翻,不管什么事他都想搭上一把手;而那两个从附近什么地方火速请来的帮工忙乱得不可开交,就好像是处在什么生死攸关的时刻,在门道里、在拐弯处他俩总要碰撞在一起;另外,所有的人在所有的地方都会绊着蒂里·斯洛博伊和那孩子,免不了被弄得跌跌撞撞的。蒂里表现出一种前所未有的活力,她的无处不在自然是众人赞叹的话题:两点二十五分,她做了过道里的障碍物;

正好两点半时，她成了厨房里的捕人机；差二十五分到三点时，她又是阁楼上的一个陷阱。那孩子的脑袋好像是一切物质——动物、植物、矿物——的检验剂和试金石，凡是那天人们用上的东西全都先后与它亲近、磕碰过。

随后，他们派出一支伟大的徒步探险队，去寻找费尔丁太太，而且他们要阴沉着脸向这位出色的淑女表示悔过；此外，如果必要，还得用武力把她弄来，让她快活起来并且宽恕他们。当这支探险队最初发现她的时候，她一句话也不听，只是左一次右一次地说她万万没有想到竟会活着看到这一天；此后她就不再说别的什么话，只是一直嘟囔着"把我抬到坟墓里去好了"；这句话听来有些滑稽，因为她没有死，也没有一点要死的样子。片刻之后，她陷入一种可怕的镇静状态中，并且说，当接二连三的倒霉事在靛青交易中发生的时候，她便早已经预料到，在她这一生中，她是注定要遭遇各式各样的污辱与谩骂了；她还说，她很快活，因为她的预料果真没错；之后，她便恳求人们别再管她了——因为她算得了什么呢？噢，亲爱的，不过是个毫不足道的老婆子罢了——她还要人们忘记这世界上还活着这样一个人，要他们过他们的好日子去吧，就当没有她。接着，她停止了这种尖酸的挖苦转而进入一种激愤的情绪中，她大光其火，并说出了"即使是一条小虫子被踩上一脚,它也会拼死命翻个个儿"这样的至理名言;再以后,她渐渐心平气和了,并表示后悔,她说,他们要是早能够信任她就好了,难道她不会尽她的力量出点什么主意吗?于是,探险队抓住她情绪中的这个转机一拥而上,将她团团围住,而她也很快戴上手套,打扮得无可指摘地出发去约翰·皮瑞宾格尔家了;她的腋下还夹了个纸包儿,里面装着一顶华丽的便帽,它差不多像主教冠一般高、一般硬呢。

接着,大家便等待着多特的父母亲乘坐另一辆小马车到来;他们迟迟未到,大伙儿便不免有些担心。于是,不时有人到大路上张望,看他们来了没有。费尔丁太太总是往那错误的、他们不可能出现的方向看,人们便告诉她,说她错了,可她却说她希望能有爱往哪儿看便往哪儿看的自由。终于,他们到了:是一对胖胖的、矮小的夫妻,摇摇摆摆、舒舒泰泰地一路走来,样子完全是多特家的气派。看着多特和她母亲肩并肩站在一起,真是舒心悦目,她俩真是太相像了。

  接着,多特的母亲免不了要和梅的母亲寒暄一番;梅的母亲凡事随时都爱讲个礼节,多特的母亲却是个实实在在、随和平易的人。再说那老多特——也就是多特的父亲,我忘了这是不是他真正的名字,但这无关紧要——倒是毫不拘束，他见到谁就和谁握手，而且似乎一点没有把那顶女帽看在眼里，认为那只不过是棉纱布用糨糊粘起来了而已；另外对那桩靛青交易他更是不屑一听，只是一个劲地说现在已经无可救药了；费尔丁太太的结论是，他是个心地善良、性情温和的汉子——可是，却有些粗鲁，我亲爱的。

我是不会撇下多特不谈的。此时，她正穿着那件结婚礼袍忙着款待客人，让我为她那美丽的脸祝福吧！不，我也不会漏掉那善良的运货工，他快活得满脸泛着红光，坐在餐桌的尽头。当然，我也不会忘记那皮肤黑黑、神采奕奕的水手以及他那妩媚的妻子，我不会漏掉他们中的任何人。错过这次晚宴，无异于错过一次一个人需要享用的最令人愉快、最丰盛的美餐；而若是错过了那他们为庆贺这一对新人的大喜日子而高高举起的、斟满了酒的杯子，那就更是最最重大的损失了。

晚餐以后，凯里卜唱起了那首"金光灿灿的酒碗"的歌：因为我活着，多想过下去，一年再两年……他把这首歌从头到尾唱了一遍。

可是，顺便我要告诉你，就在他刚唱完最后一句的时候，一件最出人意料的事情发生了。

有人在轻轻敲门。接着，那人没有说上一句"请原谅""借光"之类的话，便趔趔趄趄地闯了进来，头上还顶着一件挺沉的东西。他

把那东西不偏不倚地放在桌上那胡桃和苹果的正当间儿,然后说:

"泰克尔顿先生向各位道喜!这盒蛋糕现在对他本人已毫无用处,或许,你们愿意把它吃了吧。"

说完这些,他转身走了出去。

可以想象,人们对此都感到有些奇怪。费尔丁太太是个非常谨慎的人,她提醒大家这蛋糕一定是下过毒药的,接着便又讲述了一个她所知道的毒蛋糕的故事。据她说来,那只蛋糕曾把某个女子学校的年轻姑娘毒得周身发青。但是,她的意见被众人的一片欢呼声所否决,于是梅郑重其事而又欢天喜地地把蛋糕切开了。

我想，还没有谁来得及尝上一口，又有什么人在敲门了；那个人再一次走进屋来，他的胳膊下夹着一只棕色的大纸包。

"泰克尔顿先生向诸位道喜；他给孩子送来些小玩意儿，它们怪好看的呢。"

说完这几句话，他又走了。

如果要他们大家寻找一些语句来表达他们的惊讶，那一定是极其困难的，即使他们有足够的时间来挑选字眼。但是，他们几乎没有一点时间，因为那信使刚刚走出去把门关上，那敲门声便又响了起来，接着，泰克尔顿本人走进来了。

"皮瑞宾格尔太太！"玩具商手里拿着帽子，说，"我很抱歉！比今天早晨更加抱歉！我用这段时间好好想了想，约翰·皮瑞宾格尔！我的性情乖戾，但是一旦面对像你这样的人，我总能多少变得温和一些。凯里卜！这个小保姆昨晚有意无意地给了我一些支离破碎的暗示，现在我已经理出一点头绪来了。想到我竟那么轻松地使你们父女俩受着我的束缚，我真是羞愧不已；我是个多么可悲的白痴啊，可我却认为她是个白痴！各位朋友们，今晚我的家里太冷清了，我的火炉边甚至没有一只蟋蟀，因为我已经把它们都给吓跑了，可怜可怜我吧，让我也参加你们这个快乐的晚会吧！"

五分钟之后,他就已经自由自在,像在家里一样。过去,你从来没有看到过他竟是这样一个人。过去,他是怎样地虚度了那么多年哟,他从不知道他也可以得到如此巨大的欢乐!或许,是那些小仙子们在他身上施展了魔法,因此他才变得判若两人!

"约翰,今晚你不会送我回娘家去了吧,是吗?"多特细声细气地问道。

可是,他不是差一点儿就要干出这样的蠢事了吗!

现在,如果再加上那只活蹦乱跳的小生灵,晚会的出席者便算是到齐了。可是,一眨眼的工夫,它便来了。刚才它猛跑了一阵,弄得口干舌燥，徒劳地想把头伸进那窄小的水罐里。它曾跟着那马车跑到旅程的终点，因为主人不在跟前，它心烦意乱；更叫人吃惊的是，它对那代理车夫根本不买账。它在马厩附近滞留了一会儿，企图煽动那匹老马叛逃，自个儿跑回去；策反失败后，它便走进那家小酒馆，在火炉前躺下身来。突然，它确信那代理车夫是个骗子，必须坚决离弃他，于是它站起身，摇晃着尾巴回家来了。

　　晚上，他们跳起舞来。在我概括地提到这种娱乐之后，我本该不再多说些什么，可是，我很有理由认为，这是一场新颖独到的、极不寻常的舞会。它的组成方式是奇特的，是这

样的:

水手爱德华——他是个善良、洒脱而又富于闯劲的人——一直滔滔不绝地对众人讲述着有关鹦鹉、矿藏、墨西哥人以及金粉的形形色色的奇闻逸事,突然,他想起了什么,猛地从椅子上跳起来,建议大家来跳一场舞,因为贝莎的竖琴就在那儿,而且她弹奏出的乐曲之美妙,你是很少能欣赏到的。多特(她可真鬼,真能装腔作势,如果她有意那样做的话)说她跳舞的日子已经过去了,而我想真正的原因是,此时运货工正在吸着烟斗,她最愿意做的事莫过于坐在他的身旁。这样,费尔丁太太当然也就不得不说,她跳舞的日子也过去了;接着,大伙儿都异口同声地这样说,只有梅除外;梅已经跃跃欲试了。

　　于是,梅和爱德华站起身来,在众人的掌声中翩然起舞,贝莎则奏起最欢快的乐曲。喝!信不信由你,他俩跳了还不到五分钟,运货工便一下子把烟斗抛开,搂着多特的细腰,冲到屋子中间,相当绝妙地跳开了;泰克尔顿见状,急不可待地跑到费尔丁太太面前,抱住她的腰也照样跳了起来;老多特一看见这种情形,便也站了起来,生气勃勃地拽着多特太太来到舞场的中心,他俩成了最前面的一对舞伴。凯里卜见了,赶忙握住斯洛博伊小姐的双手,一下跳开了而欲罢不能;斯洛博伊小姐坚信,跳舞的唯一原则便是风风火火地在一对对舞伴中间钻来钻去,并且还要与他们冲撞许许多多次。

听吧!那只蟋蟀唧唧唧唧的歌声加入了这曲音乐,而那只水壶嘟嘟嘟嘟地唱得又是多么欢畅啊!

可是,这是怎么回事呢?正当我欢欣地倾听着这乐曲,并向多特转过脸去,想最后看一看这愉快的小妇人的时候,她和其他的一切都已消失在空中,只孤零零地剩下我一个人。一只蟋蟀在炉边唱着歌,一件破旧的儿童玩具躺在地上;此外,便一无所有了。

图书在版编目(CIP)数据

炉边蟋蟀/(英)查尔斯·狄更斯著;邹绿芷,邹晓建译.—北京:人民文学出版社,2016
(狄更斯的圣诞故事)
ISBN 978-7-02-012161-8

Ⅰ.①炉… Ⅱ.①查…②邹…③邹… Ⅲ.①中篇小说—英国—近代 Ⅳ.①I561.44

中国版本图书馆CIP数据核字(2016)第257349号

责任编辑　翟　灿
装帧设计　陶　雷
责任印制　史　帅

出版发行	人民文学出版社	开　本	880毫米×1230毫米　1/64
社　址	北京市朝内大街166号	印　张	4.5625
邮政编码	100705	印　数	1—4000
网　址	http://www.rw-cn.com	版　次	2016年12月北京第1版
印　刷	三河市鑫金马印装有限公司	印　次	2016年12月第1次印刷
经　销	全国新华书店等	书　号	978-7-02-012161-8
字　数	75千字	定　价	62.00元

如有印装质量问题,请与本社图书销售中心调换。电话:010-65233595